人生は短い／月日はめぐる

クレイグ・ポスピシル戯曲集

クレイグ・ポスピシル Craig Pospisil
月城典子 訳 Tsukishiro Noriko

Life is Short
Months on End

JIRITSU SHOBO
而立書房

目次

人生は短い

月日はめぐる

装幀　神田昇和

人生は短い

Life is Short

私の祖父母たち
ルシールとアーノルド・ディスタッド
および
アルビナとチャールズ・ポスピシルに

"Life Is Short"（『人生は短い』）は、他の劇の派生作品として生まれました。この戯曲集のうち三作品「階級闘争」「結婚二重奏」そして「最後の12月」は、元は私の"Months on End"（『月日はめぐる』）という劇の一部でした。"Months"の元になるアイデアは、一年の各月についてその月にちなんだ劇を書くというもので、これらの劇は本来それぞれ「9月」「6月」「12月」のシーンでした。"Months"は展開するにつれ、よりリアリスティックな劇となったため、これら三つのシーンはもはやこの劇と方向性が合わなくなり、悲しいことに除かなければならなくなりました。

しかし、この三作を見ると、私は子ども時代、結婚、老後という一連の流れがあることに気づきました。私は、人生の区切りごとに起こる変化や問題に焦点を当てた、一幕劇の作品集を考え始めました。様々なフェスティバルや試演のために新しく短い劇を書きながら、私は人の一生を連作ものの物語に仕立てることを視野に入れて何作かの作品を書きました。そして数年が過ぎた現在、"Months on End"と共に始まった作品集"Life Is Short"は完成するのです。これらの劇はそれぞれ形式も内容も異なっていますが、同じ日の劇場で同時上演でも、また分けて別々の上演も可能です。

クレイグ・ポスピシル

階級闘争

「階級闘争」は、ネイバーフッド・プレイハウスのワークショップ（ハロルド・ボールドリッジ、芸術監督）において、『月日はめぐる』の一部である「9月」として、一九九八年五月二十四日に初演された。演出はトム・ダイベック、配役は以下のとおり。

ビリー……………………アンドリュー・ドノヴァン
メーガン・デヴェノー……ジェイン・ジェプソン

〔登場人物〕
ビリー　6歳、ただし大人によって演じられること
メーガン・デヴェノー　6歳、こちらも大人によって演じられること
〔場所〕　教室
〔時〕　学校初日

教室、小さな子どもサイズの座席。ビリー、年齢六歳（ただし、大人によって演じられる）が椅子のひとつに座って待っている。しばらくして、メーガン、同じく六歳（こちらも大人によって演じられる）が登場。ビリーは、カジュアルな、いかにも六歳が着ていそうな服装だが、メーガンは、小さな弁護士といった服装。彼女は、革製のブリーフケースのように見えるランチボックスを下げている。彼女はつんとすまして部屋に入る。ビリーは彼女を見守る。

ビリー　やあ。
メーガン　はじめまして。
ビリー　（少しの間）なあに？
メーガン　「はじめまして」と申しましたの。
ビリー　ああ。（間）僕の名前はビリー。
メーガン　私はメーガン・デヴェノーです。
ビリー　ああ。（間）君、こわい？　僕はちょっとこわいかな。ママがここにいてくれたらいいのにな。ママが言うにはさ、学校の初日なんて何にも心配することなんかないって。でも僕はこわいな。
メーガン　自分の恐怖心を人に見せてはいけません。
ビリー　ああ。（間）何？

メーガン　常に大胆にふるまい、クソ野郎っていう態度を見せなければ。
ビリー　ねえ、そんな言葉づかい人に聞かれないほうがいいよ。
メーガン　なんですって、クソ野郎のこと？
ビリー　やめてよ！　僕たち困ったことになっちゃうよ。
メーガン　なぜ？
ビリー　そんな話し方しちゃいけないんだよ。僕のパパとママは、前に一度僕が悪い言葉を言ったとき、お尻をぶったんだよ。
メーガン　両親があなたを？　あなたは自分の弁護士に話しましたか？　私はまだ弁護士ではありませんが、二十年後にはそうなっているはずです。私が試験に合格するまであなたがそのことを覚えておかれることをお勧めします。そうなった時わたしをお訪ねください。

彼女はランチボックスを開け、名刺をビリーに渡す。彼はそれを不思議そうに見て、また彼女を見る。

ビリー　何のことを言ってるの？
メーガン　あなたには権利があります。言論の自由における修正第一条の権利の行使により誰もあなたを叩いたりできません。私が代理人を務めましょう。これを最高裁まで持ち込むのです。
ビリー　（間）僕、１００まで数えられるし、ＡＢＣだって知ってるよ。

メーガン　私はミス・ホールズ・カントリー・デイ幼稚園をクラス首席で修了いたしました。私の両親は私の成績表の写しをニューヨークの有名私立学校すべてに送って、高校の早期入学の手配をしています。予備校を終えたらおそらくイェールの学部に入り、その後ハーバードのロー・スクールに行くことになるでしょう。父は学部もハーバードに行くべきだと考えていますが、母は両方に行けば将来の人脈の可能性が二倍になると言って父を説得しました。（少しの間）それで、あなたはどちらの幼稚園に行かれましたの？

ビリー　ウエスト・サイド・イーガー・幼年学習センター。

メーガン　聞いたことありませんね。

ビリー　僕の家から二、三ブロックのところだよ。

メーガン　こちらへはどうやってお入りになったのかしら？

ビリー　ママが入れてくれたよ。

メーガン　ああ、コネクションね。

ビリー　君はどうやってここに来たの？

メーガン　私の家庭教師、グアテマラ人のローザが連れてきましたの。彼女にスペイン語を教わっています。今では外で夕食をとると、いつも私がスペイン語でお会計を頼みます。「ラ・クエンタ、ポル・フェイヴァ」

ビリー　お昼ごはんはハンバーガーとフレンチフライだと僕うれしいな。君は？

メーガン　とんでもない。体重に気をつけていますの。

ビリー　体重どれぐらい

メーガン　ほぼ50ポンドですわ。

ビリー　僕この部屋で合ってるのかな。

メーガン　年齢の問題が解消され次第、私は本当に重要な裁判を引き受けるつもりです。大きな報道合戦になるような、有名人の死や性的逸脱の煽情的詳細など。うその申し立てをして裁判を長引かせ、新聞の見出しを独占してやりますわ。それがすべて終わったら、本の百万部契約にサインしますわ。クライアントが勝とうが負けようがね。（少しの間）あなたはアメリカを愛していらっしゃらないかしら？

ビリー　えーっと……僕はホット・ウィールズが好き。

メーガン　（少しの間）それは何ですの？

ビリー　ホット・ウィールズ？　おもちゃの車だよ。僕のはすごく早く走るんだ。

メーガン　私の親はサーブ９０００を所有していますわ。ゼロから60マイルまでの加速に五秒しかかかりません。あなたのご両親はどんな車にお乗りですの？

ビリー　車は持ってないよ。

メーガン　何ですって？　田舎の別荘に行くときはどうなさるの？

ビリー　家は一軒だけしかないよ。

メーガン　では夏にはどちらへ？
ビリー　公園とかお友だちの家とか。
メーガン　他人のお家へ？
ビリー　うん。
メーガン　そこで何を？
ビリー　遊ぶのさ。
メーガン　遊ぶってどういう意味？
ビリー　つまり、ゲームとかごっこ遊びとか。（少しの間）僕の友だちのブランドとジョンと僕でバットマンごっこするんだ。でも誰もロビンをやりたがらなくて、みんなバットマンになりたがるんだ。だからかわりに一人がバットマンになって、一人がバットドッグになって、もう一人がバットキャットになるんだ。そうすればみんなバットマンになれるだろ。（少しの間）そんな感じ。
メーガン　バットマンって誰？
ビリー　君、どこから来たの？
メーガン　東65丁目。
ビリー　（知っている風に）ああ。

ビリー、ポケットに手を入れる。

ビリー　見て、これ僕のバットマン・アクション・フィギュアだよ。僕、バットマンとロビンとジョーカーとミスター・フリーズ持ってるんだ。ほら、君がバットマンになるといいよ。
メーガン　バットマンって何をするの？
ビリー　悪い奴らを刑務所に入れるんだ。
メーガン　あら、じゃ、彼は弁護士なのね。
ビリー　うん、マントを着てるけどね。
メーガン　かっこいい、遊ぼう！
ビリー　やった！

二人は遊ぶ。照明溶暗。

（幕）

崖っぷち

「崖っぷち」は、ニューヨークのヴァイタル・シアター・カンパニー（スティーブン・サンダーリン、芸術監督）により、二〇〇三年十月三十日、「第8バイタル・サイン」の一部として上演された。演出はトム・ローワン、配役は以下のとおり。

ジーン……ロブ・オヘア
サミー……アナスタシア・バーンズ

この劇はまた、二〇〇二年四月、ニューヨークにおいて「アメリカン・グローブ・シアターおよびターニップ・シアター・カンパニーの七周年記念15分演劇フェスティバル」の一部として上演された。演出はトニー・ペニーノ、配役は以下のとおり。

ジーン……クレイトン・ホッジス
サミー……レイチェル・ジャクソン

〔登場人物〕
ジーン　17歳、高校生、繊細
サミー　17歳、ジーンのクラスメイトの女子高生、「なんでもお見通し」タイプ
〔場所〕　ニューヨークのアパートの外壁にある窓棚と窓
〔時〕　初秋

夜、十七歳男子のジーンは、ビル外壁の出っ張りの上に立っている。そこは空中の十階である。彼はビルの壁に貼りついており、筋肉ひとつ動かしてはいない。彼はしょっちゅう眼下の通りに目を走らせては、また顔を上げる。彼から数フィートのところにぼんやりとした光が開いた窓から漏れている。部屋の中からはロック音楽と会話の切れ端が時々聞えてくる。しばらく後、十七歳女子のサミーが窓に姿を見せる。彼女は火のついていない煙草をくわえ、紙マッチからマッチを一本引き抜く。何度かマッチを擦ろうとするが、火はつかない。彼女は窓からマッチ棒を放り投げる。そしてジーンに気づく。長い間。彼らは互いを見る。

サミー　あら。

ジーン　おう。

サミーは歩道を見下ろしながらもう一本のマッチを引き抜いて火をつけようとするが、火がつく前にジーンが声を発する。

ジーン　えーと、ちょっと待ってくれないかな。

サミー　え?

ジーン　煙草の煙ってすごく苦手なんだ。
サミー　ああ、わかった。

ジーンは再び眼下の歩道に目を走らせる。サミーは彼の視線を追い、そして再び彼を見る。

サミー　それで、何してんの？　パーティーには出ないの？
ジーン　ちょっとぶらぶらしてるだけ。
サミー　それはすてき。（少しの間）景色はどう？
ジーン　僕の家がここから見えるんだ。
サミー　（少しの間）あんたのこと、知ってる。物理のクラスにいたよね？
ジーン　うん。
サミー　名前は？
ジーン　ジーン。
サミー　そうだ、そうだった。
ジーン　君はサマンサ、サミーだろ。
サミー　うん、なんで知ってるの？
ジーン　……物理のクラス同じだろ。

サミー　あっ、そうか。（間）それで、何やってるの？
ジーン　何やってるように見える？
サミー　注目されようとがんばってるように見える。
ジーン　親からの注目？　もうあきらめたよ。
サミー　（間）で、何してるわけ？
ジーン　（肩をすくめる）人生なんて生きるに値しないって決めた。
サミー　ひどいな。（間）それで、何を待ってるの？
ジーン　アマンダ。
サミー　アマンダ・ハリス？

ジーンうなづく。サミーは肩越しに部屋の中を見て、再びジーンを見る。

サミー　彼女を呼んでほしいの？
ジーン　いや、彼女が外へ出てくるのを待ってるんだ。
サミー　でもそれって彼女が帰っちゃうってことじゃん。
ジーン　たいしたことじゃないさ。
サミー　おやおや、それはツライね。

ジーン　うん、でも、人生ってそういうもんだし。
サミー　で、何があったの？　彼女に捨てられたとか？
ジーン　僕らつきあってないんだ。
サミー　じゃ、おつきあいしてくれないってわけ。
ジーン　……いや、そういうわけじゃなくて。
サミー　（少しの間）デートは申し込んだんだよね？　（間）ジーン？
ジーン　そのことは話したくないんだ。
サミー　ねえ、あたしはただ、なぜあんたがそんなことしたか人に説明できるようにしたいだけ。つまり、きっとさ、ニュースだのタブロイド新聞だのにインタビューされると思ってさ。あんたを歩道から洗い流したあとにさ。
ジーン　そのうちわかるさ。
サミー　書き置きした？
ジーン　（少しの間）いいや。
サミー　紙、あげようか？
ジーン　行っちゃうのかい？
サミー　書き置きしなきゃ、なぜあんたがそんなことしたか、どうやって人にわかるっての？
ジーン　だから落ちるとき彼女の名前を叫ぶからさ、いいだろ?!

サミー　（間）もしやりそこなったら？

ジーン　なに？

サミー　つまりサ、時間は測ったのかってこと。どのくらいかかるの？　あたしが物理の授業をちゃんと聞いてたら計算できたかもしれないたぐいのこと。とにかく、つまり、地面に叩きつけられるまでにアマンダの「アマン」までしか言えなかったらどうするの？

ジーン　やりとげるさ。

サミー　風が吹いてるよ。もし風が音を消してしまったら？

ジーン　ちゃんと聞こえるように確認するさ。

サミー　私はただ手伝ってあげたいだけよ。

ジーン　自分でなんとかできるよ。（間）わかるだろ、ちょっとした見ものだぜ。地面に叩きつけられたら、真っ二つになるよ。しっかり遠くに飛ばないと、鉄のフェンスに突き刺さっちゃうな。だからさ、このあと一生悪夢を見ることになりたくなかったら、ここを離れたほうがいいよ。

サミー　大丈夫、なんともない。（間）アマンダは、あんたが彼女のことそんなに好きだってこと知らないと思うよ。

ジーン　好きなんじゃない、愛してるんだ。

サミー　どっちでもいいけど。彼女に言わなきゃ。

ジーン　（間）ムリだよ。

サミー　こんなことするより簡単よ。
ジーン　うん、でもこのほうがよりはっきりした意思表示になる。
サミー　何についての意思表示？
ジーン　ただ、もっとドラマチックなんだよ、わかった?!
サミー　あ、あんたのこと、ほかにどこで見たかわかった。学校の劇の全部に出てるでしょ？
ジーン　うん。
サミー　やっぱりね。
ジーン　何が「やっぱりね」だよ？
サミー　演劇の人間って変わってるもん。
ジーン　そんなことない！
サミー　気取り屋さん、あんた今、窓棚の上にいるんだよ。
ジーン　（間）君にはわからないさ。
サミー　たぶんね。（少しの間）あんたの精神科医にはわかるの？
ジーン　精神科医になんてかかってない！
サミー　かかるべきね。（少しの間）でもさ、アマンダってそんなにすごい子じゃないわよ。確かにいい体してるけどね、彼女いかにもって感じよね、つまり、彼女はあんたが好んで見たいって思うタイプのかわいい子よ、だけどあたしは彼女と何の話をしたらいいのか想像もできない。

ジーン　そんなことない、彼女は本当にいい子だよ。学校の廊下でいつも僕に笑いかけてくれるんだ。時々犬の散歩のとき彼女に偶然会うんだけど、お互いハーイって言って、僕の犬モーリーに話しかけたりなでたりしてくれるんだ。彼女は君が考えているような子じゃないよ。(少しの間）彼女の声が大好きなんだ。ちょっとガラガラしてるけど、甘い声。

サミー　そうね、ちょっとセクシーな声よね。(間）で、あんたどこに住んでるの？

ジーン　なに？

サミー　あたしはアマンダの近くに住んでる。東78丁目のパーク通りとレキシントン通りの間。あんたは？

ジーン　なんでそんなこと知りたいの？

サミー　もう、ただ知りたいだけじゃん。公園の向こうまで、一緒にタクシーに乗って帰ればいいかなって。

ジーン　僕が自殺したあとに?!

サミー　あ、そうだっけ、忘れてた。

ジーン　もうちょっと居れば、わかるよ。

サミー　まあね。(間）ちょっと待って。あんたの家が見えるってさっき言ってたわよね。ここはウエスト・サイド。あんたの家はアマンダの近くじゃないじゃん。

ジーン　(少しの間）近くに住んでるとは言ってないよ。僕が犬を散歩させてるときに彼女に会ったって言ったんだ。
サミー　おやまあ。
ジーン　何だよ？
サミー　犬を引き摺って町中《じゅう》歩くわけじゃないでしょうね、彼女に会わないかなあって。
ジーン　ちがうよ、長い散歩に出るってだけさ。
サミー　ふーん、ストーカーみたいよね。
ジーン　違うって。
サミー　おやおや。今やタブロイド版のネタよね。あたしが誰かに言うまで待ってて。
ジーン　だめだ、やめろ！　（少しの間）頼むよ。
サミー　じゃあ、中に戻って彼女と話しなよ。
ジーン　できない。
サミー　なんで？　探すの手伝うよ。
ジーン　だって、彼女の舌はボビー・チェンバレンの喉の半分まで行ったんだぜ、わかる？（間）先週末、モリーの散歩で彼女に偶然会ったとき、二人で話したんだ。そのとき今夜M．J．のパーティーに行くって言うから、僕も行くんだって言ったら「すてき、じゃ向こうで会って遊ぼう」って彼女言ったんだ。このパーティーを今週ずっと首を長くして待ったさ。僕は思った。「完璧だ。二人でちょっとしゃべって、それからデートに誘おう」って。僕は何か月も待ってたけど、はじめ彼女はディーンとデートして、それからクリスで……。でさ、ここに八時ちょうどに来た。僕が最初に来たんだ。ドアの近くで待ってた。待って、待って、それで待っている間にすごく酔っぱらって。で、その後彼女が来た。で、ボビーが彼女の首のまわりに腕を回してた。（間）それで、僕は吐き気がしてしばらく吐いてた。僕が戻ったとき、彼女はカウチでヤツとよろしくやってた。だから僕はまたもっと吐いて、バスルームから出て来たとき、ヤツらがM.J.のお母さんの寝室に潜り込むのが見えたんだ。（少しの間）僕はただ、彼女の手をとって、彼女の髪の香りを嗅ぎたかっただけ。で今彼女は廊下の向こうでヤツとヤッてるってわけさ！（長い間）

サミー　ボビーってちょっとかわいいもんね。

ジーン　何だって?!

サミー　だって、そうじゃん。

ジーン　あんなヤツ、まぬけさ。僕たち八年も一緒に学校に行ったのに、あいつは僕の名前も覚えちゃいないんだ。あいつはいつだって……。つまり、ほかの人たちと同じ……、ド間抜けだ！

サミー　ねえ、彼はあたしのタイプじゃないけど、彼のところに集まる女の子は大勢いるわ。

ジーン　おい、どっかへ行ってくれ！　頼むよ?!

サミー　大事なのはさ、あんたは彼女に申し込む順番を待つ必要はないってこと。

ジーン　そんなこと知らないとでも？　そんな理由で僕がここにいる必要はないとでも？　僕は負け

犬。僕は弱虫さ！　誰も僕のそばに居たがらない。わかってる！　わかったから！（少しの間）もうがまんできないんだ、わかるかい？　もう疲れた。母さんが言うように「いつも微笑みを絶やさず」にいることに疲れたんだ。それか、「遅咲きの人もいる」ってやつ。（間）もう無理。

（長い間）

サミー　ジーン……。

ジーン　何？

サミー　悪い知らせがあるの。

ジーン　君はめちゃくちゃだな、わかってる？

サミー　アマンダは帰ったわ。

ジーン　（少しの間）ちくしょう。だからって飛び降りないよ。

サミー　彼女はあたしたちがしゃべってる間に帰っちゃったの。彼女とボビーがここを出るときに、あたしが彼女にさっきの煙草せびったんだもん。

ジーン　うそだ！　うそつき！　ずっと見てたんだ。見逃すはずがないさ。

サミー　いいわ、わかった。ずっと待ってなさいよ。あたしは中に戻るわ。

ジーン　だめ、待って！

サミー　何よ？

ジーン　君は中に戻って人を呼んだり警察に電話したりするんだろ。それかアマンダに帰らないようにって言うんだろ。

サミー だから言ってるでしょ、アマンダはもう帰っちゃったの。

ジーン 僕は見張ってた。

サミー いいわ、彼女はここにいるってことで。あたし、なんか飲もうっと。

ジーン 君がここを動いたら、僕は飛び降りる。

サミー ふーん、それで？　どっちにしても飛び降りるんだと思ってたけど。

ジーン でも、今飛び降りると、それは君の責任だ。

サミー それを背負って生きてくわよ。

サミーは背を向けて部屋に消える。

ジーン ねえ、サミー、サミーったら?!　（少しの間）メス犬！

サミーが突然また窓のところに現れる。

サミー あたしのこと、なんて呼んだのさ？

ジーンはたじろぎながら、なんとかバランスを保とうとする。

ジーン まったく！　やめてくれよな。

サミー あたしのこと、なんて呼び方したのさ？

ジーン もう、やめろよ。

サミー 誰にもそんな呼び方させないから。

ジーン みんなそう呼んでるさ。

サミー 何ですって？

ジーン みんな君のことメス犬って呼んでるさ。（少しの間）今夜その理由がわかったし。

サミー いいかげんにしなさいよ、このマヌケ！

ジーン だったら何だよ？

サミーは外壁に出て出っ張りの上に乗り、じりじりとジーンに近寄って行く。

ジーン いったい何やってんだよ?!

サミー あんたを黙らせてやるのよ。

ジーン 近寄るな！　君……、ああ、わかった。これって逆心理効果ってわけか。君が僕を押すって言う、僕は「やめて、やめて、僕は生きたいんだ」って言うわけだ。

サミー　（ジーンの腕をつかみながら）違う、ただ押してるだけ。

ジーン　（サミーを抱えながら）君を道づれにしてやる！

サミー　どうでもいいわ。

ジーン　いいよ、わかった。悪かったよ。

サミーはジーンを離す。

サミー　何だっていいわ。関係ないし。（少しの間）ねえ、ここってちょっといいね。

ジーンが息を呑む間がある。

ジーン　ちくしょう、僕ってすごくバカだ。

サミー　精神科医かなんかと話すといいんじゃない。

ジーン　そんなことできそうにないよ。

サミー　それほど難しいことじゃないし。

ジーン　（少しの間）君、行ったことあるの？

サミー　うん。
ジーン　どうして？
サミー　親が行かせた。
ジーン　うそだろ。なんで？
サミー　あたしがレズビアンじゃないかって心配してるの。
ジーン　そんなばかな。なんだってそんなふうに考えるんだ？
サミー　だって、あたしレズだもん。
ジーン　（間）何？
サミー　女の子が好きなの。
ジーン　ほんとに？
サミー　うん。
ジーン　おやおや。（少しの間）それってどんな感じ？
サミー　さあね。あんたが女の子を好きなのとおんなじなんじゃない。
ジーン　誰かほかにもそのこと知ってる？
サミー　いいえ。
ジーン　精神科医はなんて言ってるの？
サミー　別に。

ジーン　君はなんて言ったの？
サミー　女の子を好きで困ることはありませんって。
ジーン　それは真実？
サミー　うん。だってさ、時々、いや、困ったことはないよ。あたしの家族はそういう考え方を受け入れないけどね。勘当するとか大学の学費は払わないとか言うわけ。うんざりよね。
ジーン　で、どうするつもり？
サミー　わかんない。高校や大学が終わるまでは我慢して……、それから出て行ったりするかな。
ジーン　ひどいな。
サミー　だよね。

二人はしばらく黙る。

ジーン　僕の両親は頭がおかしいけど……そんな風ではないな。
サミー　いいね。
ジーン　部屋に戻りたい？
サミー　もうちょっとしたらね。ここって楽しいよね。
ジーン　風が吹くと気持ちいいよ。

サミー　そう？

ジーン　うん、待って……ほら来た。

二人はそよ風を感じながらそこに立っている。風が少し強くなり、二人は腕を広げて壁を支えにする。二人の手が触れ、二人は笑い、驚いている。互いの手をとり、次に来る風を待つ。照明溶暗。

（幕）

なんだっていいわ

「なんだっていいわ」は二〇〇三年五月三十日ニューヨークで、メトロポリタン・プレイハウス（アレックス・ロウ、芸術監督）によって、「古いものが新しい」の一部として初演された。演出はアダム・メルニック、配役は以下のとおり。

ジェシカ……ジェイン・ペトロフ
リズ……ダーシー・シシリアーノ

この劇はその後プレイハウス・アクターズ・コンテンポラリー・シアター（ジェイン・ペトロフ、芸術監督）によって二〇〇四年五月にニューヨークで上演された。演出はトム・ペイトソン・ケリー、配役は以下のとおり。

ジェシカ……ダーシー・シシリアーノ
リズ……ジェイン・ペトロフ

〔登場人物〕
ジェシカ　20代から30代前半
リズ　20代から30代前半
〔場所〕　ジェシカのアパートのリビングルーム
〔時〕　現在

薄暗いリビングルーム、カウチとコーヒーテーブル、テレビとDVDプレーヤーなどがある。ジェシカが部屋に這ってくる。手にはテニスラケット、すぐにも球を打てるように持っている。彼女は、部屋の一方の暗い隅から別の隅へと鋭く目をやる。部屋の中へ非常に慎重に二、三歩足を踏み入れる。リズが部屋に入ってくる。テニスラケットをなにげなく脇にはさんでいる。彼女は明らかに部屋にはなんの危険もないと考えており、友だちに対して少し怒りを感じている。

リズ　で、彼はどこ？
ジェシカ　（ささやいて）しーっ！　聞えるわよ。
リズ　だから？
ジェシカ　危険かもしれないでしょ。
リズ　ジェシカ……鳩なのよ！
ジェシカ　あいつのこと見てないからよ。こんなふうに目の中に野生が見えるのよ。
リズ　あのね、専門的に言うなら、鳩は野生動物だと思うわよ。
ジェシカ　あいつは悪魔だって言ってるの。
リズ　悪魔？（ワインボトルを見つけて）飲んでたの？
ジェシカ　いいえ、ちがうのよ……ほんの二杯ほどだけ。

リ　ズ　それで今日は何か食べた？
ジェシカ　いいえ、気分が良くなくて。でもアレルギー薬は二錠ほど飲んだわ。
リ　ズ　ははーん。この悪魔的な鳩を見たのは薬とアルコールを混ぜる前、それとも後？
ジェシカ　この部屋には危険な鳥がいるって言ってるのよ。
リ　ズ　で、どこよ？
ジェシカ　隠れてるんだわ。
リ　ズ　どうやって入ってきたわけ？
ジェシカ　コツコツって音が窓のところで聞えたの。それで見に行って窓を開けたら、この異常な鳩がブーンって飛んできて、部屋の中で二、三回ぐるぐる飛び回ってそれからテレビの上に留まったの。
リ　ズ　現実に？――
ジェシカ　そう！　それでね、わたし「出ていけ」って叫んだの、そしたらね、あいつが言うの――
リ　ズ　待って、待って、ちょっと待って！　「あいつが言う」？
ジェシカ　そう。
リ　ズ　鳩がしゃべる。
ジェシカ　うん、変に聞こえるだろうけど。
リ　ズ　あら、よかった。変だと自覚してるようには聞えなかったから。

ジェシカ　でね、わたし言ったの、「出てけ」って。それであいつったらね、「なんだっていいでしょ」だって。
リ　ズ　なんですって？
ジェシカ　そう、こんなふうに本物のお金持ちのわがままお嬢様みたいなアクセントでね、「なんだっていいでしょ」って。
リ　ズ　もうわかった。明かりつけるわね。

リズは明かりをつける。部屋は散らかっている。ジェシカは身構えて鳩の攻撃に備える。リズは鳥の姿がないか周りを見渡す。

リ　ズ　この部屋に鳩はいないわ。
ジェシカ　窓から出て行ったかもしれない。
リ　ズ　窓は閉まってるけど。ね、ジェシカ、あのね、あなたの空想だと思うわよ。ほんとにアレルギーの薬とワインを二杯飲んだだけ？
ジェシカ　だと思う。でもあれ飲むとすごく喉が渇くの。
リ　ズ　ちょっと眠った方がいいと思うけど。
ジェシカ　あれが部屋にいると眠れないわ。

リ　ズ　ここに鳥はいないよ。
ジェシカ　ほんとに？

何も音がしないが、ジェシカは突然何か聞こえたかのように反応する。

ジェシカ　待って！　今の聞こえた？
リ　ズ　いいえ、なんにも。さあ、ベッドに連れて行くわ。
ジェシカ　だめ、眠れないわ、緊張しすぎてて。
リ　ズ　じゃあ、疲れるまで本でも読むか、テレビでもちょっと見たらどう？
ジェシカ　そうだ、今日の午後新しいＤＶＤを買ったんだったわ。わたしと映画見たい？
リ　ズ　もうだいぶ遅いし、ジェシー、わたし帰って寝なくちゃ。あなた、大丈夫よね？
ジェシカ　ねえ、そんなこと言わないで、お願い?!
リ　ズ　だって……いいわ、わかった。でも少しだけね。何を買ったの？
ジェシカ　「ティファニーで朝食を」！
リ　ズ　うーん。他には？
ジェシカ　なぜ？
リ　ズ　それ、もう見ちゃった。

ジェシカ　だから？
リ　ズ　だから、わたしがここにいるんだったら、前に見たことないものを見たいなってこと。
ジェシカ　でもわたし、「ティファニーで朝食を」が大好きなの。
リ　ズ　でも、わたしは前に見たの。
ジェシカ　何回？
リ　ズ　わかんない。一回だけだと思うけど。
ジェシカ　一回見ただけでいいの？
リ　ズ　一度見たら、それでいいのよ。
ジェシカ　そんなのバカみたい。「ティファニーで朝食を」を一回見ただけでいいなんてどうかしてるんじゃない？
リ　ズ　ねえ、たしかにいい映画よ、でもだからって「自転車泥棒」とかそういうのとは違うでしょ。
ジェシカ　（かぶせるように）すんごくすんばらしい映画だわ！
リ　ズ　わかった、なんだっていい。意見の相違ね。
ジェシカ　「ティファニーで朝食を」よりすばらしい映画を言ってみてよ。言って。
リ　ズ　おかしいんじゃないの？　何ダースだって言えるわよ。オードリー・ヘプバーンのもっといい映画だって言えるわ。キャサリン・ヘプバーンのもっといい映画だって言えるわよ。言えないのは、ジョージ・ペパードのもっといい映画だわね。

ジェシカ　冗談でしょ。この映画をもう一度見なくちゃ、この映画が過去最高って思えないんじゃあね。わかんないけど。つまり、最初のとき、寝ちゃってたんじゃないの？　もしかしたらすごく酔っぱらって気を失ってたとか。それか、飲みすぎて吐いちゃって、バスルームによろよろ入っていって、服についたゲロをきれいにしなくちゃいけなかったとか、だってそうでもなきゃ、あなたがそんなこと言うなんて信じられない。

リ　ズ　そうよね、わたしも信じられない。何か食べたほうがいいんじゃない。キッチンには何があるの？

ジェシカ　それかさ、映画中に誰かと別れたとか？　カートとの間に起こったのってそういうこと？　この映画見てるときに、彼があなたに話したの？　あなたと付き合ってた最後の六か月の間に、あの女優と寝てたって？

リ　ズ　何？　女優が何?!

ジェシカ　あら、わかってるでしょ。あの浮気女よ。

リ　ズ　もうちょっとわかりやすく言って！

ジェシカ　あの何とかっていう、ブロンドのショートヘアの子。

リ　ズ　クレア?!　なんてこと！　彼がクレアと寝てたなんて、で、あなた、わたしに言わなかったよね？

ジェシカ　だって明らかだったし。誰が見ても。

リ　ズ　わたしは知らなかった！

ジェシカ　まあ、なんだっていいわ。もう古い話よ。

リ　ズ　わたしには新しい話よ。

ジェシカ　だからあなたには立ち直るためにいい映画が必要ね。

リ　ズ　「ティファニーで朝食を」は見ないからね！

ジェシカ　（泣きそうになりながら）だって、すご〜く良いのよ！　（怪物の音がまた聞こえて）ほら！　あの羽ばたきが聞こえたはずよ！

リ　ズ　ジェシカ、ここには鳥なんかいないのよ。誓ってもいいわ。ねえ、聞いて、その映画を見てもいいけど、あなたはまず何か食べなくちゃ。

ジェシカ　家にはなんにもないわよ。

リ　ズ　冷蔵庫を見てみるわ。

リズは部屋を急いで出てキッチンに行く。ジェシカは再び部屋を見回す、テニスラケットを高く掲げて注意深く家具の裏などを見る。何も見えない。リズは冷めたピザのスライスを持って戻る。

リ　ズ　ほら、ピザよ。

ジェシカ　冷めてる。
リ　ズ　冷めたピザっておいしいのよ。気に入るわ。座って、ちょっとかじってみたら？　あら、そう言えば、先週のデートのこと、話してくれてないわね。フィリップ、だっけ？　どうだった？
ジェシカ　すてきだったわ。食事とブロードウェイの芝居に連れてってくれた。
リ　ズ　彼にはまた会うつもり？
ジェシカ　彼は会おうって言ったけど、わたしはノーって言ったわ。
リ　ズ　なんで？
ジェシカ　なんか気乗りがしなくて。（怪物の音に再び反応）まったく！　あれ聞こえたでしょ！
リ　ズ　（間）デヴィッドは戻って来ないよ。
ジェシカ　戻ってくるかもしれないわ。
リ　ズ　いいえ、戻らない。
ジェシカ　まあ、今夜のところはね。
リ　ズ　来ない。決して。男は決して戻って来ない。
ジェシカ　あっという間。コースを走り終わって、そして終わるの。
リ　ズ　デヴィッドは何か言ってた？——何でもいい——何か信じさせてくれるような言葉を？
ジェシカ　彼はまだわたしを愛してると言ってた。まだ愛してるけど、どうしたらいいかわからないって。

リ　ズ　何週間も前よね。

ジェシカ　彼はそれでもまだそう言ってた。

リ　ズ　そう、でも、もうひとりの女も愛してるって、そうも言ったのよね？

ジェシカ　それでまだわたしを愛していて、どうしたらいいかわからないって。

リ　ズ　で、そのことがあってから、彼の望みは彼女と寝ることだってことはかなりはっきりしたわけね。（少しの間）ごめんね、ジェシカ。泣かないで。ごめん。わたしはただ……つまりね、もう彼とは話せないってこと。

ジェシカ　わたしたちいつもメッセージを残し合ってたの。

リ　ズ　彼は電話を選別して、それからあなたの留守電にメッセージを残すのよ、あなたが仕事でいないってわかってるときにね。最後に彼と実際に話したのはいつ？

ジェシカ　今日。

リ　ズ　きょ、きょう?! そんなこと言わなかったじゃない。

ジェシカ　何でもすべて言う必要はないでしょ。

リ　ズ　誰が誰に電話したって？

ジェシカ　電話じゃないの。会ったのよ。

リ　ズ　どこで？

ジェシカ　道で。
リ　ズ　で、何て言ったの？
ジェシカ　初めに「愛してるわ、デヴィッド」ってわたしが言ったの。
リ　ズ　まあ、ジェシーったら……で、それに対して彼は何て言ったの？
ジェシカ　何も。
リ　ズ　やっぱり！　ほらね？　あなたが「愛してる」って言ってるのに、彼はそれに答えもしない。もう終わったのよ。
ジェシカ　彼にわたしの声が聞こえてたかどうかはっきりしないの。
リ　ズ　どういう意味？　なぜはっきりしないの？
ジェシカ　(少しの間) 道の反対側にいたから。
リ　ズ　いやいやいやいや、どこで会ったか聞いてるの。
ジェシカ　繁華街よ。ラファイエット。
リ　ズ　彼が住んでるところの近くじゃないの。そんなとこで何してたの？
ジェシカ　昼休みだったの。
リ　ズ　あなたが働いてるのって、ミッドタウンじゃない。
ジェシカ　買い物してた。
リ　ズ　ラファイエットで？

ジェシカ　店はあるわ。
リ　ズ　スポーツジムとタワーレコードならね。
ジェシカ　そこで「ティファニーで朝食を」を買ったの。
リ　ズ　彼をつけてたの？
ジェシカ　（少しの間、説得力なく）いいえ。
リ　ズ　ジェシカ！
ジェシカ　彼を愛してるのよ！
リ　ズ　ああ、なんてこと、そんなことしちゃダメよ！
ジェシカ　いいのよ。簡単よ。教えてあげようか、人はまわりに注意なんかしてないのよ。
リ　ズ　どのぐらいの間、彼をつけたの？
ジェシカ　ちょっとの間だけよ。
リ　ズ　どのぐらい？
ジェシカ　わからない。二、三時間ぐらい。
リ　ズ　何?!
ジェシカ　わかったわよ、六時間。でも同時に用事もこなしてたわ。
リ　ズ　ジェシカ！　それはストーキングよ！　そんなことしたら、すごく困ることになるわよ。
ジェシカ　わかってる、でもそうしないでいられないの。そうでもしなくちゃ彼に会えないの。

リ　ズ　そうよね。ねえ、約束して、約束して、約束して、もう彼のあとをつけたりしないって。
ジェシカ　日曜日からじゃだめ？
リ　ズ　だめ、今日から。
ジェシカ　でもわたし彼が彼女といるところを見なくちゃ。彼がどんなふうに彼女のことを見るのか。知らなくちゃ。（怪物の音に再び反応）あの忌々しい鳥の音、聞こえない？
リ　ズ　ジェシー、こっちへ来て。お座りなさい。あなたのしてることは自分への拷問よ。それでどんな得があるっていうの？
ジェシカ　だって、ただ肉体的なことなのかもしれないし、たぶん——
リ　ズ　もしかしたら幸せな二人が道の角で手を取り合ってキスしてるのを見るかもね。
ジェシカ　彼女がトラックに轢かれるかもしれないし。
リ　ズ　わかった。もういい。もうこれ以上聞いていられないし、あなたが自分にこんな仕打ちをするのを見ていられない。もう行くわ。自分でやらなくちゃいけないと思ってること、好きにやればいいわ。でも、きっと後悔するわよ、誓ってもいい。
ジェシカ　いま後悔してないとでも?!　自分が大嫌い、でもやめられないの。こんなの不公平よ。わたしはもっと値打ちのある人間なのに。
リ　ズ　そうね、だから？　人ってのは、だいたい現状より、もっと値打ちのある人間なものよ。わたしだってそう。（少しの間）自分にはもっといい仕事があるはず、もっと大きな家、もっといかしたガールフレンドだのなんだのって、人が言うのをわたしは聞き飽きたの。それが人生。あなたに手に入らないものがある。人生にはあるものしかない。自分には当然あるべきだと思うもののことを忘れなくちゃいけないのよ。そして自分が持っているものに感謝するの。

ジェシカ　（長い間、そして非常にゆっくりと）わかった。

リ　ズ　何？

ジェシカ　わかったって言ったの。もう彼のことを追わないわ。電話しない。考えることもやめる。

リ　ズ　考えることはしてもいいのよ。話しても、会ったってかまわない。でも愛することはやめなくちゃ。

ジェシカ　うん、わかってる。

リ　ズ　よかった。（間）よかったわ。じゃあ……あなたの映画見たい？

ジェシカ　もちろん。あなたは？

羽ばたく翼の音がする。リズは飛び上がって驚く。ジェシカは、しかし音を聞いていない。

ジェシカ　リズ？　あなた映画見たい？

リ　ズ　ええ、そうね、もちろん。なんだっていいわ。

リズはカウチのジェシカの隣に座り、ジェシカは箱から「ティファニーで朝食を」のＤＶＤを取り出す。
リズはテニスラケットを持ち、神経質に鳩を探してまわりを見る。照明溶暗。

（幕）

結婚二重奏

「結婚二重奏」はニューヨークのネイバーフッド・プレイハウス（ハロルド・ボールドリッジ、芸術監督）のワークショップにおいて、『月日はめぐる』の一部である「6月」として、一九九八年五月二十四日に初演された。演出はスティーヴン・ディトマイヤー、配役は以下のとおり。

デボラ……………ナンシー・ジョルジーニ
鏡の中のデボラ……ナンシー・キーガン
トレイシー…………ヴィヴィアン・ニューワース
ケヴィン……………ハロルド・G・ボールドリッジ

〔登場人物〕
デボラ　20代後半～30代前半、落ち着かない花嫁
鏡の中のデボラ　鏡に映ったデボラの姿（もうひとりの自分）
トレイシー　デボラの母親
ケヴィン　デボラの父親
〔場所〕　結婚式場の更衣室
〔時〕　もちろん、6月

結婚式前の更衣室。この部屋の中心的特徴は大きな等身大の姿見《すがたみ》。しかし枠は素通しで鏡もガラスもその中にはない。片側には花のブーケの載ったサイドテーブル。花嫁デボラは花嫁衣裳に身を包み、鏡の片側に立って「自分自身」を見ている。鏡の中のデボラは何もない枠の反対側に立っている。デボラが動くと、鏡の中のデボラも彼女の動きをそっくり真似て合わせて動く。デボラはドレスをなでつけ、結果をチェックする。満足して手にもっている口紅を唇に塗り始める。しかし彼女の手は震えはじめ口紅を頬にまで塗ってしまう。彼女は手を止め、はみ出した跡をこする。彼女は再び口紅を口に持ってくるが、前よりもっと激しく震えはじめる。彼女は震える手を自由なほうの手でつかみ、震えを押さえようとするが、できない。彼女はゆっくりと両手を下げ、深いため息をつく。足音が近づいてくる。この時点から鏡の中のデボラはゆっくりと本体から離れ、ひとりで動き始める。デボラの母親トレイシーが入ってきたので、デボラは顔に作り笑顔を張り付ける。鏡の中のデボラは鏡を通して彼女たちを見て、だんだんと興奮してくる。

トレイシー　デボラ、この瞬間がとうとうやって来たなんて、信じられないわ。まあ、あなたの姿、きれいだわ！　緊張してるの？　大丈夫よ。すべてうまくいくわ。会場はすべて用意が整ってる。お花を見るのを楽しみにしていて。あの女の人、すばらしい仕事をしてくれたわ。ねえ、怒らないで聞いてね、おばあ様がね、プレゼントの載ったテーブルをひっくり返してしまったけど、贈り物はそんなには壊れてないと思うわ。(少しの間) 嘘よー! あら、そんな顔しちゃだめよ。あら、まあ。緊張をほぐそうと思ってちょっと冗談を言っただけよ、かわいいおまえ。そんなに緊張しちゃだめ。フィルはすばらしい人。私たち彼のことが大好き。ねえ、聞いて。あなたに緊張しないように言ってるの。でもママったらまるで水漏れしてる水道栓みたいにしゃべりっぱなしね。それとも開きっぱなしの水道栓。消火栓かしら。気分はどう?

デボラ　大丈夫よ、ママ。気分はいいわ。

鏡のデボラはこれ以上耐えられなくなり爆発して鏡の枠の向こうから叫ぶ。トレイシーには彼女の言うことがまったく聞こえない。デボラは少しは反応するが、平静さ、冷静さ、落ち着きを保とうとしている。

鏡のデボラ　あたしをここから出して! フィルはまぬけよ! あんなやつ、大嫌い! ここであたし死にかけてるのよ、わからない?! もしあんたが母親ってものなら、あたしを助けてよ!

デボラ　わたしは今、この日がとうとうやって来たことにちょっと興奮しているの。

トレイシー　そうでしょうとも。私ね、フィルのご両親と話してて――

デボラ　すてきな人たちでしょう?

鏡のデボラ　ねえ、ちょっと! あいつら、どうしようもない気取り屋よ。飲んでるとき以外、ずっとふんぞり返ってるわよ。彼のお父さんなんか夕食の前にカクテルを飲むって言い張るのよ。「一杯だけ」なんてくすくす笑うの。そのあと四杯のマティニ飲んで、この酔っ払いはテーブルでひどいジョークを言って、あたしの顔に葉巻の煙を吹きかけるのよ。

トレイシー　フィルのお父さんてすごくおもしろい人だわ。

デボラ　ええ。

トレイシー　それにケイト、フィルのお母さんも……すごくいい人。

鏡のデボラ　あの女、もしうまく罪を逃れられるものなら、アイスピックをあたしの頭に突き刺すでしょうね。あの人にとってあたしは、彼女たちのすてきな郊外の小さな世界から息子を盗んだ街の娼婦ってところ。彼はその頃すでにここに住んでたってことなんか気にもしない。

デボラ　ケイトはわたしを心から家族に受け入れてくれたの。

トレイシー　まあ、うれしいこと。そういう関係って必ずしも簡単とは言えないのよ。あなたのお父さんのお母様は、初めちょっとママには冷たかったわ。みんなが仲良くするのはずっとすてきなことだわ。

デボラ　あの人たちはわたしのことをずっと彼らの生活の一部だったかのように扱ってくれるの。すばらしいことよ。わたしはこんなすてきな家族をもって成長できて、今また新たなすばらしい家族を見つけられたなんて、ほんとにラッキーだわ。

鏡のデボラ　言外の意味、わかってる?!

トレイシー　そのドレス、とても似合ってきれい。

デ　ボ　ラ　ありがと。これがママのものだったこと、わたしにはすごく意味があることなの。わたしにとって、結婚式に大きな意味を添えてくれるものよ。ママとの特別なつながりだわ。

鏡のデボラは彼女の言葉にぞっとして、ドレスに対して怒りを爆発させ、シフォンやボタンなどを引きちぎり、縫い目や袖を破る。

鏡のデボラ　正気なの?!　このドレスのおかげで、まるで牛みたいに見えるのよ！　あたしが大好きなヴェラ・ウォンのスリムなドレスの代わりに、これを着るってあんたに言わせちゃったせいよね？　あたしったらいったい何を考えてたのかしら？　お尻にでっかいリボン？　いっそそこに大きな的でも描いたらよかったわ。それにこの袖を発明したのは誰よ？　レッグ・オブ・マトン？　いったいどんなスタイルなのさ？「ええそう、わたしの腕を、ぶつ切りの羊の脚に見えるようにしてちょうだい。お願いね！」

トレイシー　愛してるわ。

デ　ボ　ラ　わたしも愛してる。

鏡のデボラ　ああ、もうおかしくなりそう！

トレイシーはデボラを長い間ぎゅっと抱きしめる。二人とも涙目になり、笑いながら目をぬぐう。

トレイシー　さて、もう下に行くわね。もうすぐパパがあなたの顔を見に上がってくるわ。

デ　ボ　ラ　ここにいるわ。（トレイシー去る）たぶんね。

デボラは深呼吸し、リラックスしようとする。鏡のデボラはフレームの中から身を乗り出す。

鏡のデボラ　さあ、ここから出ようよ！　こんなのひどい間違いだわ。フィルなんて掘り出し物でもなんでもないのよ。もっといい結婚ができるはずよ。

デ　ボ　ラ　わかった、落ち着いて。結婚式不安症ね、きっとこれがそう。

鏡のデボラ　不安症?!　不安症ならお腹に蝶々がパタパタってところだけど、これじゃあまるでカンガルーがドタドタだわ。

デ　ボ　ラ　やめなさい、デボラ！　そうね、フィルは完璧ってわけじゃない、でもお互いさま。二年もセラピーを受けてもまだ、六歳の頃の「バービーの夢のおうち」幻想から抜け出せていないなんて。フィルはわたしにはちょうどいいの。みんながそう言ってるわ。

鏡のデボラ　そりゃそうでしょうよ。誰もわざわざ「負け犬なんか捨てちまえ」なんて言わないでしょうよ。あたしたちの友だちなんて、あたしたち同様、みんなつくり笑いの自己陶酔人間ばっかり。

デボラ　わたしはつくり笑いなんかしてない！

鏡のデボラ　大事なのはね、フィルが――

デボラ　ちがう、ちがう！　彼はね……彼は思いやりがあって優しいの。見た目もいいわ。わたしを笑わせてくれるの。わたしとロマンチックな映画に行ってくれて、バカみたいなアクション映画を見せたりは決してしないわ。

鏡のデボラ　それが良い結婚の基準ってわけ?!　映画の相性が？

デボラ　いいえ、もちろん違うわ……ただ……

鏡のデボラ　何よ？

デボラ　今それしか思いつかないのよ！

鏡のデボラ　それが何よりの証拠じゃない？

ドアにノックの音。デボラの父、ケヴィン入る。

ケヴィン　やあ、天使ちゃん。元気かい？

デボラ　あら、パパ。わたし……わたしは元気。

鏡のデボラ　パパ、あたしをここから出して。笑顔にだまされないで！　あたしは大きな間違いをしようとしているのよ！　出ていくように提案して。ねえ、言ってよ。「ねえ、これが本当に望んでいることかい？　もし確信が持てないならとりやめにする時間はあるんだよ。私たちの望みは、おまえが幸せになることなんだ。幸せかい、デボラ？」って言って！

ケヴィン　お聞き、デビー。もしかしたらこんなこと言わなくてもいいのかもしれないけど、私たちはフィルの世界について考えてる……でも、わかってほしいんだ、母さんも私もおまえを愛している。そしてこれからもずっと愛し続けて、支えていくよ。だから、はっきり知りたいんだ、これがおまえの望みだっていうことを。もし何か迷いを抱えているなら……とにかく、私たちの望むことはおまえが幸せでいてくれることだけ。幸せかい、デビー？

鏡のデボラ　（勝ち誇って）そうよ！

デ　ボ　ラ　（鏡のデボラに反応して）そうよ！

鏡のデボラ　ちがう！　ちがうのよ！　そういう意味じゃなかったの！

鏡のデボラは鏡から手を伸ばしデボラの喉を摑み、締め付ける。ケヴィンには、デボラが自由になろうともがくところが見えていない。

ケヴィン　ああ、よかった！　なにしろ私たちはこの結婚に、小さな国がひとつ買えるぐらいつぎこんだからねえ。

デボラとケヴィンは笑い合い抱き合う。

鏡のデボラ　ええ、おかしいわよね、パパ。ほんとにおかしい、い、い。

トレイシーが再び登場、コサージュを持っている。

トレイシー　邪魔してごめんなさい。ケヴィン、あなたコサージュ忘れてるわ。

ケヴィン　ああ、そうだった、おまえやってくれるかい？　うん、準備はいいかい？　みんな席に着いてて、ＤＪは今にも「ウェディングマーチ」をかけたくてうずうずしているよ。

ケヴィンはトレイシーのほうを向く。トレイシーは注意深く彼の襟に花をつける。

鏡のデボラ　もうたくさん！　ここから出てくわ！

鏡のデボラは鏡の端を持って通り抜ける。しかしデボラが振り向いて鏡のデボラに平手打ちを食らわし、鏡のデボラは元いた側によろめきながら戻る。デボラは両親に向き直る。

デボラ　しばらく一人にしてくれない？

トレイシー　ええ、もちろんよ。

ケヴィン　（くすくす笑いながら）怖気づいたりしないだろうね、デボラ？

トレイシー　まあ、そんなことあるわけないわ。ケヴィン、ほんとに。花嫁になんてこと言うの。

ケヴィン　本気じゃないことぐらいデボラもわかってるさ。

トレイシー　準備ができたらいつでもどうぞ。

トレイシーとケヴィンが去る。デボラと鏡のデボラは互いをじっと見る。デボラはドレスをなでつけ髪をチェックする。鏡のデボラは胸の前で腕を組む。二人の視線が固まる。

鏡のデボラ　あたしはやらないから。

デボラ　いいえ、わたしたち、やるのよ。

鏡のデボラ　あんたがやらせたのよ。あの男をたった二年ほどしか知らない。あんたを彼と二人きりになんかするんじゃなかった。

デボラ　あなたってほんとに文句ばっかり。チャンスをつかもうとしないのね。わたしはどうしてこれまでの人生で、あなたのあらさがしに耳を傾けてきたのかしら。だって、正直に言うと……あなたって大馬鹿！

鏡のデボラ　ねえ、最近あんたがスカイダイビングするのを見てないわ！

デ　ボ　ラ　少なくともわたしはやりたいと思ってるわ。あなたが怖がりなのよ。（間）これで決まりね。

鏡のデボラ　何が決まりさ？

デ　ボ　ラ　怖がってるのはあなただってこと。なんだって怖がるのよ。

鏡のデボラ　やめてよ。高度一万フィートから飛び降りることとこれとは関係ないでしょ。

デ　ボ　ラ　すべてフィルのことに関係あるわ。あなたはなんだってリスクがあることが怖いのよ。

鏡のデボラ　そんなのばかげてる。聞いたこともない。あたしはただ、傷つくのを避けようとしただけ。あんたに何か決めさせたら、どんなことが起こるかわかったもんじゃないわ。ひとつでいいからちゃんとした理由を言ってみて。ひとつだけ！　こんなことをするべき理由を。

デ　ボ　ラ　彼を愛してる。彼もわたしを愛してる。（間）さあ、口を閉じてしっかりなさい。

デボラは再びドレスを直し髪をチェックする。鏡のデボラはためらったのち、彼女の動きに合わせる。デボラは向こうを向いてブーケを手に取る。鏡のデボラはその場にいて、鏡をのぞき込んでドレスのダメージを直そうと、やぶれた袖を肩に戻したり髪を直したりする。鏡に映して歯をチェックし、歯にはさまった食べ物を指の爪で取り除く。デボラが鏡のところにもどって最後のチェックをする頃には、彼女は平静さを取り戻している。満足して、デボラと鏡のデボラは反対側に歩く。しかしデボラはドアのところで立ち止まり、彼女の手はドアノブの手前で凍りつく。彼女は振り返り、肩越しに鏡を見る。そこには鏡のデボラがいて同じように止まって振り返っている。互いを見つめ合う。照明溶暗。

（幕）

ママと呼ばないで

「ママと呼ばないで」は一九九九年十一月ニューヨークにおいてネイバーフッド・プレイハウス（ハロルド・ボールドリッジ、美術監督）のワークショップで初演された。演出はジェイムズ・アレグサンダー・ボンド、配役は以下のとおり。

トリッシュ……………ダーシー・シシリアーノ
ステファニー・ハケット……リア・ハーマン
フィリップ・ハケット………トロイ・マイヤーズ
パメラ・ウォーデン…………マリ・ゴーマン

続いてこのあとプレイライト・アクターズ・コンテンポラリー・シアター（ジェイン・ペトロフ、芸術監督）によって二〇〇五年五月十九日に上演された。演出はグレッグ・スクラ、配役は以下のとおり。

トリッシュ……………アシュリー・アトキンソン
ステファニー・ハケット……ニコル・テイラー
フィリップ・ハケット………ローランド・ハント
パメラ・ウォーデン…………ジル・ヴァン・ノート

〔登場人物〕

トリッシュ　20代から30代、看護師

ステファニー　30代、裕福で、権利を主張するタイプ

フィリップ　30代、ステファニーの夫、彼女と同様

ウォーデン　30代から40代、有能で率直

〔場所〕　病院の受付のフロントデスク

〔時　〕　現在

病院の受付。ひとりの看護師、トリッシュが中央カウンターの中にいて、書類作業をしている。ステファニーが入ってくる。彼女は高級店の大きな紙袋を持っている。

ステファニー　あの、ちょっと。

トリッシュ　はい、なにかご用でしょうか。

ステファニー　ええ、返品したいものがあるの。

トリッシュ　返品？

ステファニー　二、三週間ほど前にここでいただいたんですけど、私向きではなくて。あまり気に入っていませんの。

ステファニーはカウンターに紙袋を置く。トリッシュはそれを見て困惑。

トリッシュ　奥様、ここは病院ですので。

ステファニー　ええ、わかってますわ。私の名前はステファニー・ハケット。三週間ほど前にこちらにおりましたの。そのときこれをいただきましてね。

トリッシュ　（彼女は袋の中を見る）奥様、それは……なんてこと！　これは赤ん坊じゃありませんか。

ステファニー　お手数をおかけして申し訳ないんですけど、私、投資銀行の行員でしてね、おわかりかしら、それをオフィスに持って行ってもいいと思ったのですけどね、かわいい抱っこひもかなんかに入れてね。でも私が働いている間、隅っこにただじっとしてめそめそ泣いてばかりいられたんじゃ、仕事に集中できないんです。それに主人も私もしょっちゅう仕事の出張で出かけますの、でね、返品しますので返金していただきたいの。

トリッシュ　なんのお話しでしょうか？

ステファニー　あなた耳は大丈夫？　この赤ん坊を返品したいの。

トリッシュ　そんなことできませんわ！

ステファニー　どういう意味かしら？

トリッシュ　あなたのお子さんですよ！

ステファニー　そうよ、でももういらないの。もう状況は説明したじゃないの。

トリッシュ　でもそういった返品はできかねます！

ステファニー　ナンセンスだわ！　誰だって返品を要求できるはずです。だから、あなた……ああ、おそらくレシートが必要なのね！　どうしてそう言わないの？　（バッグの中をかきまわす）もちろん、レシートがいるわよね。それがなければどこで手に入れたかわからないものね。ごめんなさい。ほら、あった。

トリッシュ　いいえ、レシートなんかいりません。赤ちゃんをお買いになったわけではありませんから。

ステファニー　あら、私たち、ちゃんと買いましたのよ。それにすごくお高かったわ。今ね、主人が外で路上駐車してますの、だからここであまり長く時間は取れないのよ。

トリッシュ　これは何かのジョークでしょうか？

ステファニー　あなたこの仕事について日が浅いのかしら？　赤ちゃんよ。（少しの間）じゃ、あなたはこの返品を受け取らないってこと？

トリッシュ　もちろんです！

ステファニー　まあ、こんなのばかげてるわ。だって、それがわかっていれば別の病院に行ったのに。（少しの間）責任者にお話ししたいのだけど。

トリッシュ　何ですか？

ステファニー　責任者を今すぐここに呼んでちょうだい。こんな扱いを我慢するつもりはありませんからね。全額返金していただくわ。クレジットではなく、現金で。

赤ん坊の泣き声が袋から聞こえてくる。ステファニーは袋を叩く。

ステファニー　もう、うるさいわね！　わかる?!　ずっとこんな調子なのよ。

トリッシュ　（少しの間）病院の理事を呼んで来ます。あとは彼女とお話しください。

ステファニー　ありがとう。

トリッシュは受話器を取りダイヤルする。彼女が電話で話しているとフィリップが入ってくる。彼は顔をしかめ、ステファニーのところに近づいて来る。

フィリップ　おまえ、どうしたっていうんだ？　アポは二時半だよ。
ステファニー　この人がね、こちらでは返品を受け付けないし返金もしないって言うの。
フィリップ　何だって？　レシートは見せたんだろ？
ステファニー　もちろん、見せたわ。

トリッシュは電話を切り二人に向き合う。

トリッシュ　病院の理事がこちらにまいります。
フィリップ　いったいここの運営はどうなってるんだね?!
トリッシュ　恐れ入りますが、もう少し小さい声でお願いします。ここは病院ですので。
フィリップ　それにかなりみすぼらしい病院だな！
トリッシュ　もし声を落としていただけないのなら、警備の者を呼びますよ。

フィリップ　やれよ、呼んでみろ。私に指一本でも触れたら、たちまち訴訟を起こしてやる。早すぎて目を回すぞ。

男は携帯電話を取りだし、ゴルフクラブのようにそれを振り回す。

トリッシュ　もうすでに目を回していますわ。

ステファニー　この人の口のきき方、信じられる？（看護師に）あなた、こういう言葉ご存知？「お客様はいつだって正しい」

トリッシュ　あなた、こういう言葉ご存知？「異常者みたいにおかしい」

赤ん坊再び泣く。ステファニーがお手上げというしぐさをする。フィリップが彼女をなぐさめる。

ステファニー　またあの騒音よ。

フィリップ　心配するな。すぐにカタがつくさ。

ステファニー　だから赤ん坊なんてトラブルの元でしかないって言ったのに。

フィリップ　わかってる。悪かったよ、ステフ。何か特別なものを期待していたんだ。全部僕の責任だ。

ステファニー　いいえ、あなたじゃないわ。（トリッシュを指さして）私が非難しているのは彼女よ。こんなこと早く終わらせて人生を前に進めたいのに。
フィリップ　（トリッシュに）あのね、うちの弁護士が抜け道を探せない契約書はいまだかつて書かれたことがないんだ。だから、さっさと返品を受け取ってくれれば、君の無礼は忘れることにするよ。
トリッシュ　今すぐ、その携帯電話で、奥さんの出産の痛みなんかつま先をぶつけたぐらいにしか思えないぐらいにしてやる。
フィリップ　よし、わかった。最初からやり直そう。ちょっと過剰反応してしまったようだ。声を荒げてすまなかった。（彼はちょっと止まって前屈みになる）ねえ、この問題を解決するために必要なものを言ってくれないかな。（少しの間）２００ドルではどうかな？
トリッシュ　ご冗談でしょ。
フィリップ　わかった。かけひきってわけか。それを尊重してやろう。よし、５００ドル。
トリッシュ　まあ、なんてこと！　私は――

病院の理事ウォーデン登場。

ウォーデン　何事ですか、トリッシュ。

トリッシュ　ああ、来てくださってよかった。
フィリップ　あなたお名前は？
ウォーデン　パメラ・ウォーデンです、この病院の理事の。そちらは……？
フィリップ　フィリップ・ハケット、そしてこちらが妻のステファニーです。
ステファニー　私たち、あるものを返品しに来たんですけど、こちらの女性が私たちにすごく無礼ですの。
ウォーデン　待ってください。「返品」？　返品って何を？
トリッシュ　あの人たちの赤ちゃんですよ！　ここで手に入れた……つまり三週間前にここで産んだんです。もういらなくなったって、それでお金を返してくれって！
ウォーデン　返金？
トリッシュ　そうです。だからそんなことはできませんって言ったら、彼が私を買収しようとしたんです。
ステファニー　そんなのうそだわ！　彼女が私たちからお金を強請《ゆす》ろうとしたんですわ。
フィリップ　なぜ君たちはこの件について、そんなにもことを難しくしているのか、理解に苦しむよ。
ウォーデン　お子さんを「返品」することはできません。
ステファニー　そのことがまったく私たちには理解できない点ですわ。そしてこの場合、こちらの病院が正しいことをなさるべきだと思いますけど。

ウォーデン　これは警察が扱うべき案件かと。

フィリップ　もうたくさんだ。この病院を訴えて、最後の一ペニーまでむしり取ってやる。私たちは結構な金額を払ったんだから、その結果に満足できない場合、病院は適切な損害賠償を行う義務があるというのに、あろうことか私たちは侮辱され、時間を無駄にさせられた。

ステファニー　私たちの時間はとても貴重なのよ。

ウォーデン　脅迫はやめてください。児童福祉局を五分で呼べます。そうなれば、六時のニュースにあなたがたが出ることになりますよ！

二人はステージの隅で頭を垂れて弁護士と話す。

フィリップ　（電話をかける）はい、テッド・ペンデルトンさんをお願いします。こちらはフィリップ・ハケットです。

二人は携帯電話のまわりに体を寄せ合っていて、会話の残りは聞こえない。ウォーデンとトリッシュはカウンターのそばに残り、ウォーデンは電話帳をめくっている。カウンターの上の電話が鳴り、トリッシュが応答する。

トリッシュ　フロントデスク。ええ、彼女ならここにいらっしゃいますよ。

彼女は電話をウォーデンに渡す。

ウォーデン　ええ、ジェン？　（少しの間）何？　そんな馬鹿な！　ご両親は知っているの？　（少しの間）わかったわ、何も言わないで。すぐに行くわ。

トリッシュ　あなたの秘書からです。

ウォーデン　ええ、ジェン？

トリッシュ　どうしたんですか？

ウォーデン　ヘンダーソン先生が赤ちゃんを取り上げていたんだけど……複雑なのよ。委員会には彼に分娩をさせないように頼んであったんだけど、……まあ、とにかく赤ちゃんは死んだの。赤ちゃんの両親ケンドールさんはそのことをまだ知らないの。ヘンダーソン先生が赤ちゃんをこっそり分娩室から運び出したの。二人に言わなくちゃ。（少しの間）あなた、二つの問題に対処しなくちゃならないわよ。

トリッシュ　ええ、そうですね。電話を済ませます――

トリッシュは電話をかけるが、ウォーデンがそれを切る。

ウォーデン　ちょっと待って。

ステージの反対側ではフィリップが電話を切る。

フィリップ　彼が言うには、私たちに勝ち目はないらしい。
ステファニー　どういう意味？
フィリップ　今言った通りさ。赤ん坊に欠陥があり、またそれが病院の落ち度だと証明できないかぎりは、無理らしい。
ステファニー　だって、ずっと泣いて排泄してばかりいるのよ。
フィリップ　彼が言うには、それは普通のことらしい。
ステファニー　じゃあどうするの？
フィリップ　はったりで脅してみよう。
ステファニー　はったり？　それが考えられるベストな方法なの？
フィリップ　他になにか名案でも？
ステファニー　誰かにあげたらどうかしら。新築祝いかなんかに。誕生日祝いとか。

二人は、トリッシュとウォーデンが再び話し始めると静かに話しをする。

ウォーデン　完璧な解決法だわ。
トリッシュ　何がです?!
ウォーデン　体まるごと全部の臓器移植だと考えてみて。ただし、外科手術なしの。
トリッシュ　でもケンドールさんたちは、自分たちの赤ちゃんが死んだことを知るべきですわ。
ウォーデン　私たちの仕事は痛みや苦しみを緩和することです。まさか彼らに最悪の感情的な苦しみを負わせろと言うんじゃないでしょうね？　礼儀を知りなさい。
トリッシュ　でもこれじゃあ、ハケットさんたちがやろうとしていることと変わりないですわ。
ウォーデン　トリッシュ、私はここで長短両面すべて考慮しないといけないの。今現在私たちは訴訟になりそうな二件の問題に直面している。訴えられる前に両方を止めることが私にはできる。
トリッシュ　お金ですか、あなたが心配してらっしゃるのは?
ウォーデン　これが病院にとってどのぐらいの損害になるかわかりますか？　え？　裁判費用にハネ上がる保険料。何百万ですよ。そしてつまりそれは医者の給料カット……看護師の削減につながる。そんなことになったら責任がとれるの？　あなた、大きな目で将来を見なくちゃ。
トリッシュ　そんなことは正しいことではありません。
ウォーデン　正しい、正しくない……ここではもっと大きな問題を扱っています。その一つを挙げるなら、利益率の低下。

トリッシュ　でもケンドールさんは自分たちの子どもを亡くしたんですよ。この赤ちゃんの両親は今ここにいます。

ウォーデン　あなたはケンドール家を知っていますか？　とても裕福な方たちです。この赤ちゃんは最高の乳母をつけてもらい、最高の寄宿舎に入れてもらえるのですよ。ポニーだって飼ってもらえるかも。こういうものすべてをこの子から取り上げたいのですか。

トリッシュ　いいえ、でも……私は……ハケット家はひどい人たちで、そう、でも子どもには権利として――

ウォーデン　里親制度ですか？　一生の間ずっと安定感を追い求めて、家から家にたらいまわしにされるわけ？

トリッシュ　いいえ、赤ちゃんは養子縁組に出されるべきです。赤ちゃんは心の底から赤ちゃんを望んでいて赤ちゃんを愛し、常に世話のできるよいカップルによって、愛のある家庭で育てられるべきです。

ウォーデン　トリッシュ……。そんなものはないの。

ハケット夫妻がカウンターに大股で近づいてくる。ウォーデンは微笑んで二人の方を向く。

フィリップ　うちの弁護士が、裁判沙汰を避けるべく君たちともっと話しあうべきだと忠告してきたもんでね。

ウォーデン　ええ、もちろんですわ。実際のところ、私どもの規則を見直しておりまして、ご両親のご期待に沿えない場合の赤ちゃんの返品についての手続きですが……。

トリッシュ　こんなこと間違ってます。

ウォーデン　トリッシュ、もうこれ以上トラブルはたくさん。実際、あなたはハケットさんたちに謝罪するべきだと思いますよ。

トリッシュ　謝罪!?

ステファニー　あなたにどんなひどいことが起こったのか存じませんけど、けんか腰では物事は解決しませんものね。ぞっとしませんわ。

フィリップ　これで万事解決かな?

ウォーデン　そうですとも。10分でここから出ていただけますわ。

ステファニー　ほんとうに助かります。

ウォーデン　あら、そんな。私の仕事ですから。

彼女は廊下を示し、ハケット夫妻は出ていく。

ウォーデン　明日九時に私のオフィスにいらっしゃい。あなたの仕事について話し合うべき時期ですね。（少しの間）遺体安置所にいい仕事がないかしら。

ウォーデンはハケット夫妻に続いて出ていく。トリッシュは一人残される。彼女は振りむき、彼らが赤ん坊の入った紙袋を置いて行ったのに気づく。あわててかけより、袋の中をのぞく。

トリッシュ　こんにちは。みんなあなたのこと、忘れてるわね。大丈夫？

赤ん坊を袋から出し、揺すってあやす。

トリッシュ　まあ、なんてかわいいの。ごめんね。私がんばったんだけど。でも、心配しないで。新しいおうちができるわ。それにポニーも。（少しの間）名前はなあに？　あの人たち名前はつけてくれたの？　私はトリッシュ。

彼女は赤ん坊に微笑み、廊下を見る。赤ん坊に視線を戻す。

トリッシュ　でもね、私のこと、ママって呼んでいいのよ。

トリッシュは赤ん坊を抱えて急いで病院を出る。溶暗。

（幕）

母の愛

「母の愛」は二〇〇〇年二月四日、ニューヨークのネイバーフッド・プレイハウス（ハロルド・ボールドリッジ、芸術監督）のワークショップで初演された。演出はクレイグ・ポスピシル、配役は以下のとおり。

メリッサ……リー・ハーマン

この劇はこの後二〇〇二年三月にニューヨークにおいてマンハッタン・ドラマ・コレクティヴ（パトリシア・ワット、プロデューサー）によって上演された。演出はクレイグ・ポスピシル、配役は以下のとおり。

メリッサ……ブルック・フルトン

〔登場人物〕

メリッサ　30代から40代

〔場所〕　あいまいにしておく。後《のち》に明らかになる。

〔時〕　現在

メリッサが、古めかしいスーツを着て登場する。観客に向かって暖かく微笑む。

メリッサ　我々の子どもたちは保護されなければなりません。そうですよね？　そして親というものは子どもを害から守るためにはなんだってしなければなりません。（少しの間）ダ・ヂ・ヅ・デ・ドラッグはそこらじゅうに存在し、そして私は――あの、すみません。私のおチビさんがこの場にいるので、私は暗号で話さなくてはいけないのです。もし話の進み方が早すぎたらおっしゃってくださいね。とにかく、ダ・ヂ・ヅ・デ・ドラッグはいたるところにあります。ニュースのリポートで始終ご覧になりますよね。それは私たちの学校の中でも起こっています。（少しの間）それだけではありません。子どもたちはか・き・く・け・けんじゅうやア・カ・サ・タ・ナイフを持って学校に行くのです。みなさんはどうかわかりませんが、私はそれにカ・キ・ク・ケ・クソッタレなほど怯えているのです。（間）私はテレサの安全を守りたい。彼女はまだ幼い、たった四歳の女の子です。純真無垢です。子どもというものはできる限りそのまま無垢でいることを許されるべきです。近頃では子供たちは成長が早すぎます。（少しの間）人生は十分すぎるほど厳しい。これについては皆さんきっと同意見でしょう。子ども時代というのは、何も心配しないでいられる時代であるべきです。私はテレサが必ずそういう時代を持てるようにしたいのです。（間）私は夫を愛しています。今だって、まだケヴィンを愛しています。さて、彼はテレサを学校へやる時期だと考えていました、そして彼には彼なりの理由があるのだと私にはわかります。学校というのは貴重な体験になりえます。（少しの間）しかし時代は変わるのです。学校は、私たちが子どもだった頃とは同じではありません。私は自分の入学初日、両親から引き離されて、見知らぬ子どもたちに囲まれていることに非常に怯えていました。それが現代ならどれほどそれより恐ろしいか想像してみてください。クラスメイトの多くがバ・ビ・ブ・ベ・武器を持っていることを考慮に入れて。（少しの間）さて、みなさん、私は彼女が幼稚園にいる間に何かが起こるかもしれないと言っているわけではありません。もちろん、違います。（少しの間）でも、その後どうなるか、誰にわかるでしょう？　テレサは休み時間にダ・ヂ・ヅ・デ・ドラッグを始めるまでに三年生になっているかどうか？　そしてダ・ヂ・ヅ・デ・ドラッグの後、サ・シ・ス・セ・セックスの世界に溺れるまで、どれぐらいかかるでしょうか？

そしてサ・シ・ス・セ・セックスとダ・ヂ・ヅ・デ・ドラッグは、バイ・バイ・売春につながります。（少しの間）合ってるかしら？　ええと、春を売る……。ええと、つまりあ・い・う・え・援助交際も可能ということです。（間）私の娘にはお断り。（間）私はケヴィンにテレサを家に閉じ込めて、私たち自身で勉強を教えるべきだと説得を試みました。でも彼はわかってくれなかった。それで私たちは大きなか・き・く・け・けんかをしました。私は冷静に理路整然と話そうとしましたが、ケヴィンはざ・じ・ず・ぜ・自制心をなくし、だ・ぢ・づ・で・どなり散らし、そのことでテレサを泣かせました。私はほうってはおけませんでした。（少しの間）陪審員のみなさん、ええ、私は夫をか・き・く・け・殺しました。しかし、私が行ったことは「正当防衛」のひとつの形でした。私は自分の娘を守ろうとしたのです。みなさんのどなたでもそうなさるように。テレサは世の中のありのままの姿を見るには幼すぎます。あの子には保護が必要です。つまりそういうわけで、私はさ・し・す・せ・殺人について無罪であります。（間）ありがとうございました。

照明溶暗する中、メリッサ退場。

（幕）

訳注 アメリカなどでは、問題のある単語（ドラッグ、銃など）を子どもに聞かせたくない時に、D《ディー》・R《アール》・U《ユー》・G《ジー》のようにアルファベットに分解して発音することで、本来の用語を回避する方法をとることがある。原文では drugs, guns, knives, hell, armed, sex, prostitution, hooker, fight, temper, yelled, killed, murder にこの方法がとられている。日本語では漢字をその意味で表す（売春を「春を売ること」とするなど）のが一番近いと思われるが、煩雑になりすぎるため、「ダ・ヂ・ヅ・デ・ドラッグ」のような手法をとった。

アメリカン・ドリーム再考

「アメリカン・ドリーム再考」[*1]は、二〇〇二年四月ニューヨークにおいて、「アメリカン・グローブ・シアターおよびターニップ・シアターの八周年記念15分演劇フェスティバル」の一部として初演された。演出はカーリー・ウェルシュ、配役は以下のとおり。

シャトルーズ……サラ・ケイ
ジム……………ジョナサン・スミット
デラ……………エリカ・シルバーマン
グランパ………マイケル・ロカシオ

〔登場人物〕
シャトルーズ　17歳、パンク系またはゴス系少女
ジム　彼女の父
デラ　彼女の母
グランパ　ジムの父

〔場所〕　アメリカ合衆国南西部に広がる人里離れた砂漠
〔時〕　夏

アメリカ合衆国南西部の砂漠に、暑い太陽が照りつける。牛の頭蓋骨、日にさらされて白くなったものが、地面に転がっている。マカロニ・ウエスタンか何かの音楽、「続・夕日のガンマン」[*2]のような音楽が聞こえるなか、家族が歩いて現われる。十七歳の少女シャトルーズが先頭に立っている。彼女はｉＰｏｄのヘッドホンから音楽を聴いている。彼女の両親ジムとデラは並んで二、三歩後ろを歩いている。彼らは舞台を横切り、立ち止まって景色に見とれる。グランパがへとへとになって息を切らしている。シャトルーズはヘッドホンをはずす。

グランパ　も、もうちょっとゆっくり。

ジ　ム　どうしたんだ、父さん。

グランパ　おまえたちの歩くのが早すぎるんだ。ついていけないよ。

デ　ラ　あまりにお年で、ほんと、お気の毒。

グランパ　そんなこと言われなくてもわかっとる。

シャトルーズ　一体いくつなの、グランパ？

デ　ラ　シャトルーズ、そんなこと聞くなんて失礼よ。

シャトルーズ　うざいんだけど。

ジ　ム　母さんにそんな口をきくんじゃない。

シャトルーズ　あんたもうざい。

デ　ラ　こんなこと信じられる？　この頃の子どもたちの態度ときたら、本当にひどいもんだわ。

ジ　ム　権威に対して敬意というものがない。

ジムとデラ　でも、わたしたちに何ができる？

グランパ　そうだな、まず最初に、子どものころ態度が悪いときにお尻をひっぱたいておけばよかったんだ。

ジ　ム　誰もあんたなんかに聞いちゃいないよ、父さん！

デ　ラ　ねえ、ジム、あなたのお父さんは現代の子育てというものを理解していないだけよ。お父さんの世代は物事のやり方が違っていたのよ。間違ってたの。でも全部あの人たちの責任ってわけでもないわ。だって彼らがそう育てられたんだもの。ありがたいことに、わたしたちの世代は親たちが犯した多くの間違いを見ることができたし、簡単にそういう間違いを避けられたわけなの。

グランパ　次にだな、あの娘が欲しがるものをいちいち何でもかんでも与えるのをやめておけばよかったんだ。

シャトルーズ　口を閉じるか昼寝でもするか、それとも死んでてくれないかな。

デ　ラ　そんなにカリカリしないで、シャトルーズ。グランパの世代は苦労したのよ。グランパは何も持たないまま成長したの。だから、あなたのように何でもかんでも与えられるのが当たり前、そんなふうに育つことの価値がわからないのよ。

シャトルーズ　なんだっていいわ。

グランパ　あの娘は甘やかされたガキだ。

シャトルーズ　ムカつく。

グランパ　それに子どもにつけるのが「シャトルーズ」だなんてどんな名前なんだ？　キャシーとかだと当たり前すぎたのか？

デラ　聞いて、グランパ、もう一言でもその口をきいたら、あんたのカルシウム不足の骨を粉々にしてやるから。中身スカスカの、ジムの経歴の言い訳みたいに、粉々にたたきつぶしてやる！

ジム　デラ！

デラ　ごめんなさい。そんなつもりじゃなかったの。

ジム　君が悪いんじゃないさ。父さんが悪いんだ。父さんは口を開くべきじゃなかった。（グランパに）誰もあんたの考えなんか聞きたくないさ。

シャトルーズ　あーあ、たいくつ。

グランパ　なあ、車に戻れないか？　ここは暑くてかなわん。おまえたちの誰か水を持ってないのか？　わしはのどがカラカラだよ。

他の三人は彼を見る。

グランパ　なんだ？

ジ　ム　あのね、父さん……。つまりさ、実は……。

デ　ラ　わたしたちはね、お父さんをここに置いていくんですよ。

グランパ　なんだと？

デ　ラ　お父さんが年をとりすぎたってことなのよ。

ジ　ム　耳も遠いしね。

シャトルーズ　それにあたしたちがたった今言ったことを忘れてばっかりいるし。

デ　ラ　お父さんが年を取りすぎているっていうのが、一番の理由なんですよ。

グランパ　おまえたちはなんの話をしているんだ？　わしは健康だ。健康診断を受けたばかりだし。耳だってまともだ。おまえたちのほうが始終ぶつぶつ、こそこそ話すようになったんじゃないか。わしだって、おまえたちがそんなに退屈な人間じゃなくて、自分たちのことばかり話すのでなけりゃ、言ったことを忘れたりしないさ。それに年のことは……そうだな、人間は昔より長く生きるようになってきているのさ。

ジ　ム　そこが問題なんだ。

グランパ　なぜだ？

ジ　ム　なぜって私たちには父さんの金が必要だからさ。つまり、父さんの預金口座の中に眠っているもの。ハイテク関連株や投資信託やなにかであるべきものがさ。

デ　ラ　お父さんはそれを生活費以外には使わない。旅行もしない。おいしい食べものも買わなければ高級ワインも買わない。骨董家具も買わない。

グランパ　家具ならちゃんとある。

シャトルーズ　あるよね、古くてくさいやつが。

グランパ　おまえたちにはわしの金なんか必要ない。二人ともいい仕事を持ってるじゃないか。

デ　ラ　それは議論の余地がありますけどね。

ジ　ム　デラ！

デ　ラ　ごめんなさい。

グランパ　おまえたちはいい給料をもらっとる。がっちりため込んでるじゃないか。

ジ　ム　そうですよ。でも父さんが言ったように、「人間は昔より長く生きるようになってきている」わけです。うちの経済アナリストはこう言いましたよ。私たちの今の暮らし方を老後も続けるためには、もっとたくさん投資するべきだとね。

グランパ　それとも、少し節約するんだな。

ジ　ム　（笑う）ああ、父さん、そんな古くさいこと。

グランパ　四台も車が必要なわけはない。

シャトルーズ　ちょっとー、もう十八世紀じゃないのよ、グランパ。顔の皺《しわ》のばしも車も、いまや一人ひとつだけって時代じゃないのよ。

グランパ　わしは一九四八年生まれだ[*3]。

シャトルーズ　そういう問題じゃないって。

デ　ラ　あのね、ジムもわたしもミニバンがいるんですよ。

グランパ　なぜだ?

ジ　ム　すごく実用的だからね。

グランパ　しかし、なんだって一人に一台必要なんだ?

デ　ラ　そうすれば、一人が食料品を買い出しに行って、その間にもう一人が子どもたちをサッカーの練習に連れて行くわけ。

グランパ　おまえらに子どもは一人しかおらん。それにあの娘はサッカーなんぞやったことがない。

ジ　ム　それに私たちには、でこぼこの田舎で週末を過ごすために、丈夫なスポーツ仕様の乗り物が必要なんですよ。

グランパ　おまえらはそれを町へ仕事に行くのに使うのさ。それにあのバカげたスポーツカーときたら……。

ジ　ム　私のポルシェのことをあんたにとやかく言われたくないね、じじい！　私にはあの車が必要なんだ、聞こえるか?　私は四十七歳だ！　あの車が必要なんだ！

デ　ラ　もうその話はこのへんでやめにしましょうよ。

ジ　ム　なあ、すまない、父さん。でもそういうわけなんだよ。私たちは父さんを愛している。本当だ。みんなそうだ、だろ？

デラとシャトルーズ、肩をすくめる。

ジ　ム　な？　みんな父さんを愛してる。だからいなくなると寂しいよ。（少しの間）でも、私たちに父さんは必要ない。私たちに必要なのは金なんだ。

グランパ　それで、ここでどうするのがおまえたちのマスター・プランなんだ？　わしの頭を石でぶん殴るのか？

ジ　ム　いや、父さん、もちろん違うさ。父さんを傷つけたりできないよ。

グランパ　じゃどうする気だ？　こんなところでわしを死ぬほど愛そうってわけか？

デ　ラ　お父さんを殺すつもりなんかまったくありませんよ。ただ縛りつけてお父さんが静かに命を終えられるようにしてあげるんですよ。日干し状態にして。それから脱水状態にする。

グランパ　（少しの間）おまえたちは狂っとる。おまえたちが生まれたときに、一人残らず水に沈めておくんだったよ。

シャトルーズ　まだ時間かかるの？　今晩デートなんだけど。

デラ　誰と？

シャトルーズ　スカズのリード・ボーカル。

ジム　なに？　ダメ、ダメ、ダメだ。そんな男のことなんか、気に入らないね。

シャトルーズ　誰が男だって言った？

ジム　なんだって?!　おまえはそっちの方のライフスタイルをとるって言うのか？

シャトルーズ　ちょっと実験してるだけよ、たぶんね。

デラ　ねえ、ちょっと、とりあえず目の前の問題に戻らない？

グランパ　いやいや、先を続けなさい。家族で話をすることは大切だ。

デラ　ええ、もちろんよ、今なら話す時間はあるわよね！　でも、わたしが必要としていたときには、わたしに話しかける時間なんてなかったくせに！　そうよ、毎晩仕事から帰ってきたときだって同じだった。母さんが夕食をテーブルに並べるまで、夕方のニュースを見ながらスコッチ・オン・ザ・ロックと煙草。「ニュースを見ている間は話しかけるんじゃないよ、おまえ」。そして夕食中は「話しかけられるまで口を開くんじゃない、デラ」。そして宿題のことで質問をすると「母さんに聞きなさい」。そう、そして父さんがわたしに話しかけたがるのは寝るときだけ、こんなふうに。「どれ父さんが毛布をかけてやろう、チビちゃん。なんとかわいい娘じゃないか。ほんとうに成長が早いよ。見てごらん。父さんがこんなことしても、おまえは母さんには言わない、だろ？　おまえと父さんの小さな秘密だよ」。だから、わたしに話をするのは大切

だなんて言わないわよね……父さん！　（長い間）

グランパ　わしはあんたの父さんじゃない。

デ　ラ　ああ、もうなんだっていいわ！　あんたたちみんなおんなじよ。

ジ　ム　でも私たちはほんとのところ、かなり親密だったじゃないか。ねえ、父さん、裏庭でバドミントンしたの覚えてる？

シャトルーズ　じじいを縛りつけてここから出ようよ。

ジ　ム　ああ、そうだな。これはビジネス的レベルにとどめておくのが一番だ。ロープを渡してくれるかい、デラ。

デ　ラ　（少しの間）あなたが持ってくることになってたわ。

ジ　ム　おまえが持ってくると言ったじゃないか。

デ　ラ　いまいましい！　じゃ、あなた車まで走って。

ジ　ム　走る？　五マイルだよ。それに暑すぎるだろ。

デ　ラ　それを言うんなら、ロープのことを思い出すべきだったわね。

シャトルーズ　もう、頼むから、ほら、あたしの手錠を使いなよ。

シャトルーズ、手錠を取り出す。皆が彼女を見る。

デ　ラ　なぜそんなもの持ってるの？
シャトルーズ　なぜだと思う？
ジ　ム　おまえに道理を叩き込んでやりたいね、この小娘が。
シャトルーズ　もう十分叩き込まれてるわよ。
デ　ラ　じゃあ、なんで今晩デートになんか行けるわけ？
シャトルーズ　なんでって、あんたたちの言うことなんか聞く気ないからよ。
ジ　ム　ああ、それをよこしなさい。

ジムは手錠を受け取り父親の手首にカチッと巻き付ける。まわりを見回すが、手錠のもう一方を取り付けるものが何もない。

ジ　ム　何につないでおけばいいかな？
グランパ　正真正銘の悪党だな、おまえたちときたら。
デ　ラ　お黙り、考えさせて。
グランパ　ただの好奇心なんだが、わしを殺すとおまえたちは経済的にどう助かるんだ？
シャトルーズ　それは遺言って言うんだよ。
グランパ　なんでわしがおまえたちなんかのために金を残したと思うんだ？

デ　ラ　なんですって？

グランパ　わしがいろんな慈善団体に有り金全部残してないとでも思うのか？　学校、グリーンピース、……演劇集団。

ジ　ム　馬鹿言っちゃいけない。

グランパ　おい、わしは年寄りだが、馬鹿じゃない。わしの財産をおまえたち三人に残す遺言を書いたってか？　ははは！

グランパはヒステリックに笑いだす。ほかの者たちが見ている中、地面を転がり足を持ち上げて。

デ　ラ　（ジムに）ほんとかしら？

ジ　ム　まさか、もちろん違うさ。（少しの間）違うと思う。

シャトルーズ　ねえ、真剣な話。あのお金がいるんだ。あたしの将来の人生がかかってるの。働く時間なんてないし。今すぐいろんなことにあのお金がいるんだよ。車、ちゃんとした服、ドラッグ。それに、大学にだって、たぶんね。

デ　ラ　なんで遺言をチェックしとかなかったの？

ジ　ム　私は一人っ子なんだ。父さんは私を愛してるんだと思ってたさ。（グランパに）愛してる？　私を愛してるかい？　愛したことがあったかい？

グランパ　黙りなさい。いいか、おまえたち三人はわしを生かしておくんだ。よく面倒をみてくれれば、金は全部くれてやる。自然死したときにな。

ジ　ム　くそいまいましい！

ジムは父親に襲いかかる。ふたりはもみ合う。グランパののどを締め上げ、頭を地面に叩きつける。デラとシャトルーズは前方に走り、地面にぴくりとも動かず横たわるグランパからジムを引き離す。

シャトルーズ　ねえ、グランパ動いてないじゃん。

デ　ラ　もしお父さんが遺言について言ってたことが本当なら、死んでしまう前に病院に連れて行かなくちゃ。

ジ　ム　いや、どうせでっち上げさ。

デ　ラ　ひどく出血してるわよ。

ジ　ム　だけど担いでいかなくちゃいけないんだぜ。私は疲れてるんだ。

シャトルーズ　ここから逃げようよ。

デ　ラ　そうね。お父さんをここに置いて行きましょう。遺言のこと嘘ついてるかもしれないし。もしそうじゃないにしても、お父さんの社会保障番号を捏造したっていいんだし。

ジ　ム　そうだな。

ジムは立ち上がる……しかし彼は自分が父親と手錠で繋がれていることに気づく。

ジ　ム　なんだ、これは……？

デ　ラ　なんてこと！

シャトルーズ　パパってほんと負け犬よね。

グランパ　（頭を揺すって起こす）ざまあみろ。嘘なんかついてない。わしを病院へ連れて行け、さもないとすべては慈善団体行きだ。

デ　ラ　（シャトルーズに）鍵はどこ？

シャトルーズ　ええっと、スカズのツアーバスの中かな。

ジ　ム　父さん、なんだってこんなことを？

グランパ　昔の映画で見たのさ。おまえの時代よりずっと前のな。

ジ　ム　こんちくしょう！　（少しの間）オーケー。父さんを運ぶのを手伝ってくれ。

デ　ラ　ちょっと待って……。

ジ　ム　なんだ？

デ　ラ　わたしは、この先何年もお父さんの介護をして過ごすつもりはありませんよ。わたしたちはこのことをよくよく考えて、計画を立てて努力してきたじゃないの。あのお金の使い道だって考えてある。何も手にしないで逃げ出すなんてできないわ。

ジム　そんなことにはならない。父さんのはったりさ。家に戻ったら遺言を確認しよう。

シャトルーズ　それで、もしはったりじゃなかったら？

ジム　黙って手伝いなさい。

デラはバッグから銃を取り出す。

ジム　銃なんか出して何やってるんだ？

デラ　万が一あなたが臆病風に吹かれて、お父さんを殺せなくなった時のために持って来たの。

ジム　デラ、馬鹿なことはやめなさい。今は父さんを殺せないよ。

グランパ　おまえたちはなんという愚か者なんだ。

ジム　なんだと？

デラ　ジム、あなた、愛してるわ。でも……もしお父さんのお金が手に入らないなら、少なくとも自分たちの取り分だけはもらっておくわ。

ジム　この裏切りものの性悪女！

デラ　（銃を持ち上げながら）お世辞なんか言ってもなんの役にも立たないわよ。さよなら、ジム。

ジム　シャトルーズ、おまえ私のポルシェ、欲しいんだろ。キーをどこに隠したか教えてやるよ。

シャトルーズ、母親を見る。そして突然彼女に飛びかかる。デラはかわそうとするが間に合わない。彼女とシャトルーズは銃の上でもみ合う。銃声。母と娘は互いを見る。

デ　ラ　このクソガキ。

デラは地面に倒れて死ぬ。シャトルーズが今は銃を持っている。

ジ　ム　いい子だ。さあ、これをはずしてくれ。手錠の鎖を銃で撃ってはずせるか、やってみよう。

シャトルーズ　（少しの間）あのさ、今はすべてあたしのものになったみたいなんだー。

ジ　ム　シャトルーズ……ポルシェのキーは、ほんとにうまく隠してあるんだよ。おまえには見つけられっこないさ。

シャトルーズ　じゃあ、配線をショートさせればいいだけ。

シャトルーズ父親を撃ち、ジムはよろめいて倒れる。それから彼女は、弱々しくかろうじて生きているグランパのところに行く。

シャトルーズ　ごめんね、グランパ。みんなこの二人が考えたことなんだ。

グランパ　いいんだよ、おまえ。わしはとにかく年を取りすぎた。

シャトルーズ　うん、あのね、暗くなってきたから行かなくちゃ。でもここに水があるから。

かばんから水の入ったボトルを取り出して彼に与える。

グランパ　ありがとう。

シャトルーズ　えーっと……ちょっと方角がわからなくなっちゃった。車はどっちにある？

グランパ　（違う方角を指して）あっちだ。あの道を行けばいい。

シャトルーズ　ああ、そうよね。ありがと、グランパ。

シャトルーズは立って水のボトルを取る。

グランパ　待ちなさい、水は置いていってくれないのか。

シャトルーズ　いやよ。のどが乾いたらどうすんのさ。長い歩きなんだし。バーイ。

シャトルーズはヘッドホンをつけて踊りながら道を歩いて行く。グランパは彼女が去っていくのを見ながら顔中に笑みを広げる。

グランパ　バイバイ。（少しの間）ガラガラヘビには気をつけるんだな。

照明溶暗する中、ガラガラという音。

（幕）

＊1　日本語訳初出は『名古屋学院大学大学院外国語学論集　第18号』（二〇一七年三月発行）、高橋典子名義。

＊2　脚注に「コピーライト・ページの『歌および録音に関する特別注記』参照」とあり、該当ページの『歌および録音に関する特別注記』には「この劇中に挙げられている、著作権を持つ歌や編曲、録音の上演には、著作権所有者の許可を得なければならない。他の歌や編曲、録音に代える場合は、それらの歌や編曲、録音の著作権所有者の許可があれば行うことができる。または公有の歌や編曲、録音に代えることもできる」と記されている。

＊3　「（上演時の）七十年前の（西暦）年を入れる」と指示されている。

最後の12月

「最後の12月」は、元は「12月」という題名で、一九九八年五月二十四日ニューヨークにおいて、ネイバーフッド・プレイハウス（ハロルド・ボールドリッジ、芸術監督）のワークショップで「月日はめぐる」の一部として初演された。演出はジム・ブリル、配役は以下のとおり。

女………エーリン・アシャー
男………マイケル・ロカシオ

後に二〇〇四年十一月二十日、ニューヨークのプレイライト・アクターズ・コンテンポラリー・シアター（ジェーン・ペトロフ、芸術監督）によって上演された。演出はフランシーン・L・トレヴェンス、配役は以下のとおり。

女………パトリシア・ガイナン
男………マーヴィン・スタークマン

〔登場人物〕
女　年配の女性、優しい
男　彼女の夫、辛辣
〔場所〕　彼らの家の居間
〔時　〕　12月の寒い夜

年配の男女が居間に座っている。外では突風の吹く音が聞こえている。女は新聞を読む。男は、かつてはがっしりとした体格だったが今は痩せており、テレビのそばの椅子に座ってフットボールの試合を見ている。テレビの音量は大きいが、男は音がよく聞こえるように片手を耳に当てている。電話機と分厚いリングバインダーがそばのサイドテーブルに置いてある。女は男をちらっと見て、それから腕時計を見る。

女　そろそろ出かける時間ですよ。

男は返事をしない。

女　ニック？　お父さん？

男　何だ?!

女　そろそろ時間ですよ。

男　わかってる！

男は動かず、テレビを見続ける。女は新聞を置いて、関節の痛みと闘いながら立ち上がる。

女　出かける前にコーヒーでもどう？　（間）ニック？

いらいらしながら、男はテレビのリモコンを使って音を消す。

男　何だって?!

女　出かける前にコーヒーでもどうって言ったんですよ。

男　いらん。

女　ホットチョコレートは？

男　いらん。

男は再びテレビの試合に戻るが、音を元には戻さない。女は部屋を出ていく。しばらくして、男は体を動かし腕時計をチェックする。彼は部屋を見回す。

男　母さん？　母さん？

女はひょいと部屋に顔を出す。

女　はい？

男　なあ、出かけなくちゃならんからその前にちょっとコーヒーでもどうかな？

女　いま淹《い》れてますよ。

男　そうかい、いいね。

彼はテレビに戻る。電話が鳴る。男は動かない。女は鳴り続ける電話のところに来る。

女　もしもし、ええ、あら、（少しの間）ええ、今ちょうど試合を見ていますよ。（少しの間）ねえ、お父さん？

男　何だ？

女　メアリーですよ。

男　ああ、そうか、よろしく言ってくれ。

女　お父さんと話したいんですって。

男は立ち上がって、ぎこちない動作で女の方に歩いて行く。彼は電話を受け取り、彼女は戻っていく。

男　もしもし？　（少しの間）ああ、元気かい？　（少しの間）ああ、そうだな、たぶん。腰が痛くていろいろ大変だがね。長く座っているとこわばってきて、ひどく痛むから立ち上がって歩くのもままならん。（少しの間）そっちの天気はどうだ？　（少しの間）こっちはすごく寒いよ。昨日近くへ散歩に出たんだが、風が本当に冷たくて体の中を吹き抜けるようだったよ。（少しの間）うん、もうすぐ出かけなきゃならん。フットボールの試合を終わりまで見ようとしてるんだが。バイキングス対えーっと……ああ、ニューイングランドだ。バイキングスが勝ってる。やつら今年はすごくいいチームになった。（少しの間）ああ、わかった。電話をありがとう。

男は電話を切り、椅子に戻る。女が再び登場。

女　もうすぐコーヒーができますよ。
男　なあ、今日は木曜日か？
女　ええ、そうですよ。
男　何時だ？
女　もうすぐ夜中の十二時ですよ。
男　ああ。（間）今年のバイキングスは本当にいい選手を揃えたもんだ。
女　ほんとですね。まだ勝ってますか？

男　ああ、ニューイングランドを21点差で負かしてる。

女　おやまあ、大差ですね。

男　そうさ、そのとおり。

女はちょっと身震いをして両腕をさする。

女　ねえ、寒くありませんか？　ここはちょっとひんやりしてますね。

男　え？　いや、わしは大丈夫だがね。でもなんなら暖房を強くしたらいいじゃないか。わしは構わんよ。

女　じゃ、そうしようかしら。ちょっと寒気がするから。

男　いいさ、そうしなさい。ここの冬はどうしようもなく寒いからな。

女　そうですね。もうこの寒さを受け入れるのが辛くなってしまいましたよ。

男　引っ越せばよかったな。何年も前に南へ越せばよかったんだ。

女　そうかもしれませんね。

男　他のやつはみんなそうしたんだ。

女　そうですよね。いつだって時期を正しく知ることはできないんですよ。

男　そうだね。無理な話だ。（長い間がある）

女　あなた、着替えなくちゃ。
男　もうこの仕事をするには年を取りすぎた。
女　コーヒーを見てきますわ。

女は去る。男はリモコンを顔の近くに寄せ、眼鏡を合わせてよく見ようとする。彼は自分が探していたものを見つけてボタンを押し、テレビを消す。男はやっとのことで立ち上がる。彼の腰は固まり、彼は痛みに顔をしかめる。女はコーヒーを入れたカップを持って戻ってくる。彼女はそれを彼に渡す。

女　さあ、どうぞ。
男　もうこの仕事にはうんざりだ。
女　わかってますよ。
男　この頃じゃあもう、何の意味もない。もう誰もかまっちゃいないさ。
女　あら、それはどうかしらね。でも、もしおやめになりたいんならやめてもいいんですよ。誰もあなたがこれを永遠にしなくちゃならないとは言わなかったのですもの。
男　今夜は行くよ。でもこれが最後だ。やつらには他の誰かを探してもらわんと。
女　それでいいんじゃありませんか。

男は出ていく。女はサイドテーブルのところに行き、リングバインダーを開く。電話が鳴る。電話に出る。

女　もしもし?　(少しの間)　はい、はい時間だってことはわかっております。夫は今着替えているところですよ。ええ、わかりました。夫に伝えます。(少しの間)　で、他のことはすべて用意はできているのかしら?　そう、けっこう。(少しの間)　ああ、そうだわ、毛布をもう一枚入れておいてくださらない?　すごく寒いから。(少しの間)　わかりました。もうすぐ来ますよ。

男が登場、だぶだぶの赤いサンタクロースのスーツを着ている。それは古くて彼には何サイズも大きい。彼は部屋の真ん中に歩いてきて、スーツを見下ろす。

男　もうこれに合わなくなっているな。

女はリングバインダーを彼のところに持ってくる。

女　そんなこと言わないで。さあ、リストですよ。

男はリストを持ち上げ、眼鏡を合わせて読もうとする。

男　こんなもの読めやしない。

女　まったくですか？

男　だめだ、何も見えん。（少しの間）お前が来てこれを読むのを手伝ってくれないと無理だな。

女　……あなたと一緒に？　ええ、もちろん、お待ちになって。コートを取ってきます。

彼女は急いで部屋から出て行き、少しして冬用コートを羽織りながら戻ってくる。男は彼の大きなポケットのひとつに手を入れて、明るく光る包装紙とカールしたリボンのついた小さな包みを引っ張り出す。

男はそれを女の方に差し出す。

男　これはお前にだ。

女　でもまだ早いですわ。

男　いいや。お前が最初の配達場所さ。

女　まあ、ありがとう。

男　開けないのか？

女　ええ、朝まで待ちます。

男　わかった。もう出発しよう。

女は男の手を取る。

女　メリー・クリスマス。

男　メリー・クリスマス。

ふたりは互いに微笑み合って出かける。照明溶暗する中、そりの鈴の音が聞こえる。

（幕）

月日はめぐる

Months on End

私の友人たち、
ウエイド・リチャーズ、
ジョン・パウエル、
ジェイ・ジマーマンに

〔劇中人物相関図〕

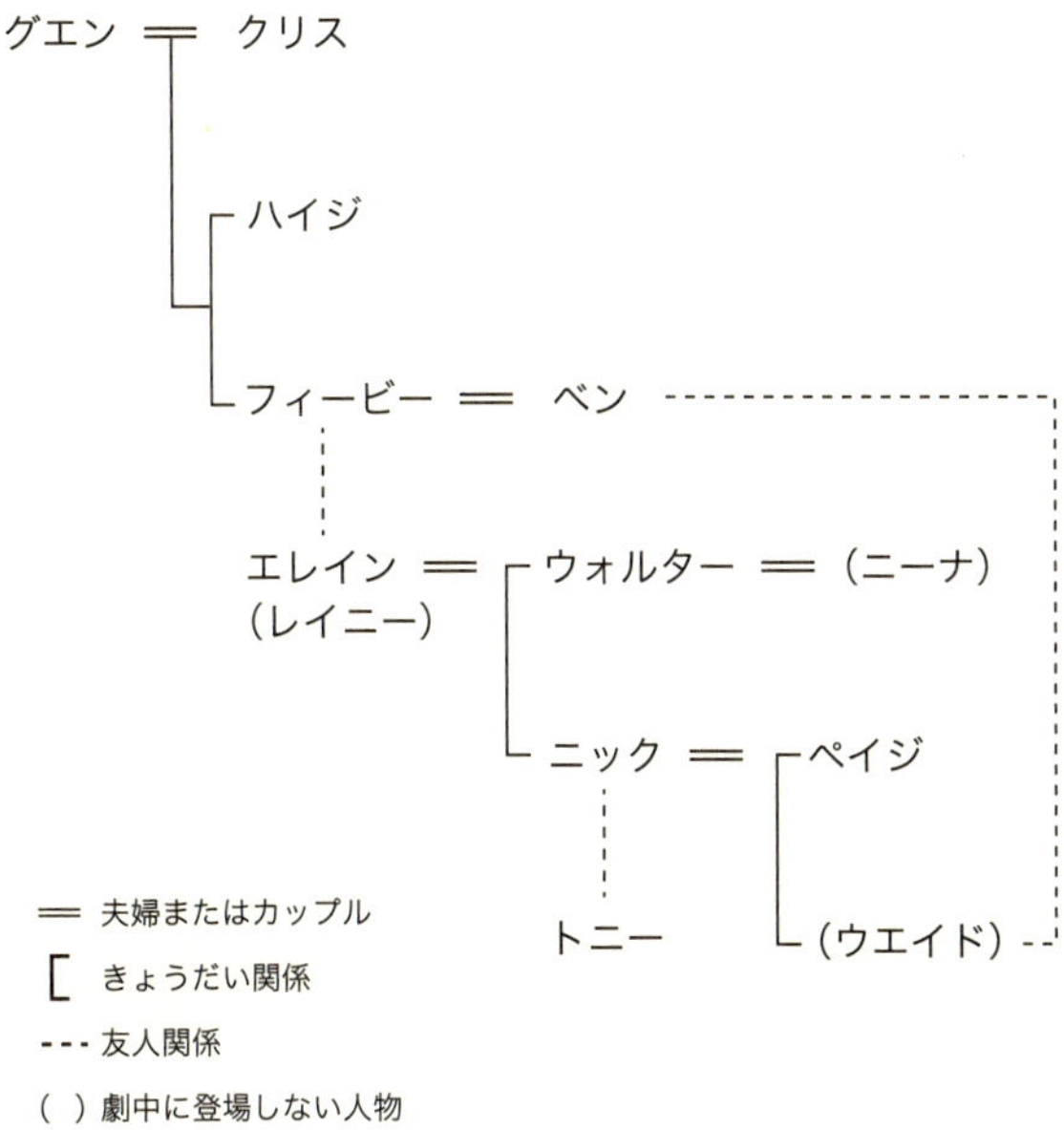
グエン
クリス
ハイジ
フィービー
ベン
エレイン
(レイニー)
ウォルター
(ニーナ)
ニック
ペイジ
トニー
(ウエイド)
＝ 夫婦またはカップル
[きょうだい関係
--- 友人関係
( ) 劇中に登場しない人物

「月日はめぐる」は二〇〇二年一月二十五日、ミシガン州チェルシーのパープル・ローズ・シアター・カンパニー（特別監督　ジェフ・ダニエルズ、芸術監督　ガイ・サンヴィル、運営監督　アラン・リバント）によって初演された。演出はスージー・リーガン、セットデザインはアンドリュー・ゴーニー、照明デザインはロブ・マーフィー、音響デザインはスージー・リーガン、小道具デザインはダナ・セグレスト、衣装デザインはコリーン・ライアン＝ピータース、舞台マネージャーはエイミー・ヒックマン。配役は以下のとおり。

ウォルター……ウエイン・デヴィッド・パーカー
エレイン……サンドラ・バーチ
フィービー……マーティー・サンダース
ベン……エドワード・M・ナハット
トニー……トレヴァー・ローズン
ニック……ライアン・カールソン
ペイジ……ミッシェル・ヘルド
ハイジ……インガ・R・ウィルソン
グエン……トゥルーディー・メイソン
クリス……ウィル・デヴィッド・ヤング

〔登場人物〕

ウォルター　30代
エレイン　30代前半
フィービー　エレインの友だち、33歳
ベン　フィービーの婚約者、30代
トニー　ニックの友だち、20代から30代
ニック　ウォルターの弟、同じく30代
ペイジ　ニックのガールフレンド、20代後半から30代後半
ハイジ　フィービーの妹、22歳
グエン　フィービーの母、50代から60代
クリス　フィービーの父、50代から60代

〔場所〕　ニューヨーク市内および近郊の様々な場所、
　　メキシコのビーチ、ロサンゼルスのホテルの部屋

〔時〕　現在

この劇は設定が複数の場所になっていますが、各シーンを完全にリアルなセットで行うことは意図していませんし、期待も望みもしないことを強調しておきます。シーンのセットは最小限にとどめるべきです。リアルであるよりは暗示的であるほうが望ましいです。場所の感じを伝えるだけの何もない必要最小限のものを使い、ものを加えることのないよう注意してください。

劇の初めまたは幕間に、セットをそれぞれの場所に置いて、ステージを四つか五つの演技空間に分けることを提案します。これにより、照明がひとつのシーンに当たったあと、ほとんど瞬時に次のシーンに切り替わることが可能になります。また多くのシーンで、共通の要素によってセットや演技空間を二通りに使ったり再利用したりすることが可能になります。シーンの合間の長く複雑なセット転換は避けなければなりません。黒服を着た裏方が出てきて、家具を配置しなおしたりすることでショーのペースが大幅に遅れ、上演時間が安易に十分、十五分と延ばされてしまうことを誰も望みません。

もし何らかの変化をつけたいなら、シーン間の移り変わりを振り付けで表現し、劇が動き続ける流れを止めないようにしてください。創造力を駆使し、全体としてひとつのショーとなるように工夫してください。

最後に、この劇は短いので休憩なしの通しで上演することが可能ですが、もし休憩をはさみたいなら、「6月」のシーンのあとにするとよいでしょう。

クレイグ・ポスピシル

1月

舞台上、暗闇。

パーティーの声　3、2、1、明けましておめでとう！

歓声、雑音、シャンパンのコルクを抜く音、「蛍の光」の一節も聞こえてくる。照明、憂鬱そうな三十代前半の女性エレインの上に当たる。彼女はイヴニング・ドレスを着てシャンパンのグラスを手に持っている。すでに数杯飲んでいる。彼女は嫌な顔をしながらパーティーを見渡す。ウォルター（こちらも三十代）が登場する。タキシードを着ている。彼はエレインがひとりでいるのに気づき、彼女に近づく。

ウォルター　あの……新年おめでとう。
エレイン　ええ。
ウォルター　今のところ、去年とあまり変わってない感じだね。
エレイン　がっかりよね。
ウォルター　まあ、まだ一分も経ってないからね。もうちょっと時間がかかるさ。
エレイン　ほんと、ほんと、いいいい、ほんとにうんざり。
ウォルター　（間）てことは、君にとって去年は良くなかった？

エレイン　サ・イ・テー。
ウォルター　なぜ？　聞いてよければ。
エレイン　そうね、えっと……まずは私の飼ってた犬が腎臓の病気で死んじゃったこと。
ウォルター　ああ、気の毒に。それは辛いね。
エレイン　引っ越してきたばかりだったの。新居に来て一週間ほどたった時、突然えさを食べなくなった。まったく動かなくなった。
ウォルター　何歳だった？
エレイン　十五歳。
ウォルター　犬としてはけっこうな年だよね？
エレイン　あら、年寄りだから死んで当然てわけ？
ウォルター　違うよ、もちろん。僕はただ、犬ってのはふつうそれ以上はあまり生きられないってことを言いたいんだ。彼女は良い人生を送ったと思うよ。
エレイン　そうね。私はただもう、彼女の小さな顔が恋しいの、夜、家に帰って来た時にね。いつもわたしを元気にしてくれたから。
ウォルター　それがペットのすばらしいところだよね。無条件の愛情。
エレイン　家に帰ってきたとき迎えてくれる顔なんて、他になかったし。
ウォルター　そうだね、孤独ってのは辛い。……でも僕が思うには孤独ってのは過小評価されてる。一人になる時間を持つことは大切だよ。沈思黙考……するとか。（少しの間）人間関係っていうのは時として孤独より辛いことがあるよ。

エレイン　よくわかる。私は人間関係の地獄で長く過ごしてきたから。

ウォルター　僕が言いたいのはちょっと違うんだ、つまり……ちょうど良い相手を見つけるのは難しいってこと。

エレイン　そんなことないわ。私、多すぎて困るぐらいよ。去年一年で九人もボーイフレンドがいたの。

ウォルター　いい男はみんな既婚者かゲイだって言うよね。

エレイン　彼らをボーイフレンドって呼ぶのは拡大解釈だけどね。私が彼らをそう呼べるのは、定義を変えたからなの。（少しの間）だってさ、男の人がデート相手からボーイフレンドに変わるのはいつなのかな？　公園を散歩したとき？　映画館で手を握ったとき？　そんなのわからない。（少しの間）だからね、決めたの、同じ人と四回デートした時、もしくは初めて朝食まで一緒に過ごした時、ボーイフレンドってことにしようって。どっちか早い方で。（少しの間）そしたら大成功、二、三か月のうちになんと三人もボーイフレンドがいるってことになっちゃった。

ウォルター　よかったじゃないか。

エレイン　そうなの、もう孤独な感じはしない、ただ負け犬なだけ。（少しの間）彼らはみんな私を捨てた、当然ね。五回目のデートが終わって少ししたら、こんなふうに言われるようになったの、

「大げさな関係になるには心の準備ができてない」とか「自分が何者なのかまず知る必要がある」とか「妻の待つ家に帰らなくちゃ」とかね。

ウォルター　少なくとも彼らは君に向かって、ちゃんと「終わりだ」って言ったわけだね。みんながそうするわけじゃないよ。関係を終わらせたいと何年も思いながら、怖くて何も言えずにそのまま続けてしまう人たちもいるからね。やり方がわからないのかもしれないけど。（少しの間）自分のこと、ラッキーだと思ってみたら。

エレイン　あなたと話してると頭がおかしくなってくるわ、わかる？

ウォルター　そうかい？　ごめんよ。

エレイン　なんにでもポジティヴな見方をしようとするの、やめてよね。大晦日なのよ。落ち込んでしかるべき日よ。（少しの間）祝日なんてどっちみちでっちあげだけどね。

ウォルター　全部がそうかな？

エレイン　だまってて。

ウォルター　ねえ、物事はもっと悪くなる可能性だってあったわけさ。君の人生で起こった悪いことを数え上げて堂々巡りするのはやめようよ。何が正しいかに焦点を絞るべきだよ。

エレイン　それで私の気分を良くしようとしてるわけ？

ウォルター　少しね、うん。

エレイン　でも、気分良くなんてならないから！　（少しの間）そういう哲学ってきらいよ。たしかに、物事はもっと悪くだってなるわよね。がんになるかもしれない。核戦争が起こるかもしれない。地球が地軸を中心に回転するのをやめようと決めるかもしれない。（少しの間）だから何?! それで私の寂しさがちょっとでもマシになるわけ？　今晩よく眠れるようになる？

エレイン、グラスを下に置き、バッグをひっかきまわしてティシュを探す。派手に鼻をかんで泣き出す。

エレイン　どうして私はこんなとこに来ちゃったのかしら？　毎年このいまいましい新年に、私は気づくと知らない人のアパートにいるってわけよ。そして彼らは必ず私より良い人生を生きてる。この場所を見てよ。だだっ広いこと。

ウォルター　ああ、その罠にはまっちゃダメだよ。お金を持ってるからってその人が幸せとは限らないよ。

エレイン　あなた、ほんとにもうそれやめてちょうだい。（少しの間）もっとひどいのはね、こういう人たちの趣味が悪いってこと。向こうの部屋の絵を見た？　あれ何よ？　まるでラリっている小鬼みたい。

ウォルター　それで何でここに来たの？

エレイン　まさしく「何で」って話。（少しの間）デートしてたの。すごく、すごーく惨めなデート。

ウォルター　そうなの？　相手はどこ？

エレイン　キッチンのドアのところにいる男、見える？　カールした黒髪の人よ？　肩幅が広くて頬骨の大きい人よ？
ウォルター　僕の奥さんとキスしてる人？
エレイン　そう。

彼女は彼を二度見する。

エレイン　何？
ウォルター　ひどい一年なのは君だけじゃなかったってこと。
エレイン　でも、あなた……どうして……？　もう、ほんっと、ごめんなさい。
ウォルター　どうして？　君が僕の奥さんとキスしてるわけじゃないし。
エレイン　そうだけど、私ったら次から次へと……だってさ、これが三度目のデートで朝食はなし。あれがあなたの奥さん。
ウォルター　この瞬間を僕は何か月も待ってたような気がするよ。驚きの要素はもう消えたんだ。
エレイン　それでも、あの……ちょっと……あの二人どこへ行った？
ウォルター　ホールの奥の寝室さ。
エレイン　なんでそんなとこに突っ立ってるの？　出ていかなきゃ。

ウォルター　ここに住んでるんだ。小鬼と一緒に。
エレイン　もうっ、今年は良いスタートには程遠いわね。（間）ごめんなさい。
ウォルター　いいんだ、全然。僕もあの絵は嫌いだし。ニーナが装飾の大部分をやったからね。僕が唯一気に入ってるのは、アフリカの仮面だけ。
エレイン　ああ、そう、それ。あれはすてきよね。（間）もう行くわ。ただね、私のコート、寝室にあるのよね。
ウォルター　シャンパンを一杯どうかな？
エレイン　もう十分いただいたと思うわ。
ウォルター　ほんとに？　すごく良いシャンパンだよ。
エレイン　ええ、知ってる。頭の血を全部さっと入れ替えてくれる感じがする。
ウォルター　もう飲まないんなら、せめて僕が流しに捨てるのを手伝ってくれないかな？
エレイン　ドンペリを流しちゃうの？　なぜ？
ウォルター　もしシャンパンが全部無くなったら、ここにいる人たちがみんな帰ろうって思ってくれるかなって思ってね。で、コートを取りに寝室に行く。
エレイン　（少しの間）そうね、わかった、もう一杯いただくわ。
ウォルター　こっちだよ。（少しの間）あ、待って、君、名前は？
エレイン　エレイン。

ウォルター　僕はウォルター。

エレイン　初めまして。

ウォルター　こちらこそ。新年に乾杯。

ウォルターはエレインに腕を差し出し二人は出ていく。照明溶暗。

2月

フィービーとベンは、共に三十代前半、小さなカフェのテーブルでコーヒーを飲んでいる。フィービーは首周りに鮮やかな赤のスカーフを巻いていて、前には結婚情報誌が二、三冊開いておいてある。

フィービー　これはどうかしら？

ベン　ああ、それもゴージャスだね。

フィービー　こっちの方よりも好き？

ベン　うーん、どうかな。どれもみんなきれいだ。

ベンは自分の腕時計を見る。

フィービー　ベン、時計見るのやめてくれない？

ベン　フィービー、今はこんなことしてる時間はないんだ。アパートのリフォームのプランを、明日の朝一番でクライアントに見せられるようにしておかなくちゃいけないんだ。だから十一時までに家に戻れたらラッキーだね。おまけに僕のＣＤプレーヤーが壊れてて、仕事中ビートルズを聞くこともできないんだ。

フィービー　ねえ、私の方は一時間後にエレインとママと妹に会って、ウエディング・ドレスのショッピングに行かなくちゃいけないのよ。あなたの助けがいるの。

ベン　だから今助けてるじゃないか。でもさ、実際にドレスを試着してどれが一番よく似合うか見なくちゃいけないいんだろ。（少しの間）こういうの、縁起が悪いんじゃないの？　結婚式の前に君のドレスを見ちゃいけないいんだろ？

フィービー　違うわよ、ドレスを着た私を見ちゃいけないだけよ。（少しの間）だと思うわ。（少しの間）いいじゃないの。「花嫁のコレコレしちゃいけない」っていうのはたぶん、五年も一緒に暮らしたらみんな無効だわ。私たち、どうせもう終わってるし。

ベン　そりゃまた結構な態度だね。

フィービー　真面目に言ってるの。私たち終わってる。

ベン　フィービー……

フィービー　だからさ。私たちはどうしようもないし、あなたは仕事に戻らなくちゃいけない、だから行って。ドレスなんかくそくらえだわ。そんなもの着ない。

ベン　やめろよ。

フィービー　何が？　何をやめるのよ？

ベン　何でもない……。ドレスをもう一度見せて。

フィービー　いいの、いいの。会社に戻って。設計図でも何でも描いたらいいじゃないの。みんな私がやる。会場を探して招待状や花も選んで。心配しないで、結婚式にいつどこにあなたが現れればいいか、前もってちゃんと教えてあげるから。
ベン　そういう言い方フェアじゃないな。こういうことについて、話し合ったじゃないか。花とか図柄とか音楽とか――でも君は僕の意見を気に入ってくれたためしがない。
フィービー　「抱きしめたい」に合わせてヴァージンロードを歩いたりするつもりはありませんからね。
ベン　あれは冗談だってば。
フィービー　こんなこと全部冗談だわ。なぜ私たち結婚するのかもわからない。
ベン　僕はそれにどう答えたらいいんだ？
フィービー　そうね、とにかくやってみたら。
ベン　やってるさ。今までもずっと努力してきた。もし君が三、四着の気に入ったドレスを見せて意見を聞いてくれたら、例えばベールありかベールなしかとか、そしたら僕だって意見を言えるさ。でも君ときたら何十着も候補があってさ。わからない。どうしたいんだ？
フィービー　わかんない。
ベン　なぜ？
フィービー　だって自分が望むものを手に入れたためしがないから。
ベン　どういう意味？
フィービー　何でもない。忘れて。
ベン　いいや。何だよ。君が言おうとしてるのは……

フィービー　（かぶせるように）何でもない、わかった？　何でもないの。聞いて。えっと……。ウェイドから電話があった。

ベン　何？　なぜ？

フィービー　彼、博物館でツアーの引率をしていて意識を失ったんですって。

ベン　なんてこった。大丈夫なのか？

フィービー　ええ、でも二、三日入院した後だから、一人で旅行するのが怖いんだって。彼の妹を結婚式に連れて行ってもいいかって聞いてきたの。だからペイジも来るわ、いい？

ベン　ああ、もちろんさ、もちろん。

フィービー　（間）あなた、大丈夫？

ベン　ウエイドのヤツ、がんばりすぎるんだよ。

フィービー　そうよね。

ベン　ちくしょう。だってさ、あいつは……高校の頃よく言ってたんだ、お互いの子どものおじさんみたいなものになろうなって。

フィービー　知ってる。

ベン　僕はあいつに約束を守らせるんだ。

フィービー　いいことだわ。

ベン　（間）そのドレス、いいじゃないか。

フィービー　細身のやつね。私も気に入ってる。

ベン　ほらね、僕なんか必要ないさ。家で待ってる。

ベンはフィービーにキスをしてカフェを出る。フィービーは少し悲し気に彼を見送る。彼女は結婚情報誌を見るが、ため息とともにページを閉じる。トニー（二十代後半から三十代前半）が登場。上着をパタパタと払い、外の寒さに震えている。彼は空間を見渡しフィービーを見る。微笑んで急ぎ足で近づく。フィービーは顔を上げ、驚いているうちにトニーが座る。彼女に口を開く隙を与えずトニーがしゃべりだす。

トニー　やあ、ジェンナ！　僕はトニー。遅れてごめん。雪のせいで遅れちゃった。ねえ、今夜予定がないとうれしいな、なぜかって言うとね、ここへ来る途中に突然ビビビッとひらめいて、リンカーン・センターに寄ってバレエのチケットを二枚買ったんだ。まずちょっと一杯飲んでさ、それからバレエに行くのはどうかなと思って。そのあとサパークラブで遅めのディナーの予約もしたよ。スイングバンドの演奏もあるしさ、うまい食事もあるし、フロアでちょっと踊ってみてもいいし。（少しの間）どう思う？

フィービー　ええっと、あの……楽しそうね、でも……

トニー　何？

フィービー　私、ジェンナじゃないの。

トニー　（少しの間）だって君、赤いスカーフを巻いてるじゃないか。

フィービー　だって外が寒いからよ。私はジェンナじゃないわ。

トニー　（少しの間）そうか、わかった、えっと、ありがとう。邪魔してごめん。ちぇっ、なんて間抜けなんだ。

フィービー　あら、そんなことないわ。すてきだと思った。

トニー　ほんとに？

フィービー　ええ。

トニー　それはすごいや。君、きっと想像できないよ、君の心をガッチリつかめるようなことを何か考えたくて、僕がどれだけ長い時間を費やしたか。あ、君の心じゃなくて彼女の。（少しの間）うまくいくと思う？

フィービー　ええ、もちろん。あなたとデートしたと思うわ。

トニー　ほんとに？　それはすごい！　心配してたんだ、なぜってこれ、ブラインド・デート*みたいなものなんだ、新聞の個人広告でね。

フィービー　ええ、そうだと思った。

トニー　ねえ、あの……話を聞いてくれてありがとう。

トニーは立ち上がって部屋を見回す。他に赤いスカーフはどこにも見当たらない。フィービーは彼を見ている。

フィービー　あなた、どのぐらい遅れたの？

トニー　そんなには。10分か15分ぐらい。

フィービー　それなら大丈夫ね。

トニー　20分かも。

フィービー　それでも。（少しの間）彼女に電話できないの？

トニー　ああ、そうだった、うん、彼女の電話番号知ってる。

トニーは携帯電話を出して電話する。しばらく音を聞いているが、やがて切る。

トニー　番号違いだ。

彼は財布をひっかきまわして紙片を取り出し、携帯に表示された番号を確かめる。

フィービー　間違えてかけちゃった？

トニー　いや、彼女が教えてくれた番号になってる。

フィービー　あら、じゃあきっとあなたが書き間違えたんだわ。番号が前後逆になっちゃったとか、ね。

トニー　いや……そうじゃないと思う。とにかく邪魔しちゃって悪かったね。

フィービー　いえ、大丈夫。ねえ、きっとあなたが番号を書き間違えたんだと思うわ。それか彼女が。だって私も自分の番号をしょっちゅう間違えるもん。

トニー　うん、ありがとう。でも僕はだまされたんだと思うよ。それにバレエとか好きでもないし。

フィービー　ちょっと待って。彼女にも弁解の機会をあげなきゃ。（少しの間）もし、彼女がわざと違う番号を教えたんだとしたら、彼女にはあなたの時間を無駄にする価値もないってことでしょ。

トニー　ああ、そうだね。

フィービー　それにバレエにだってチャンスをあげて。いいものを選べば、ほんとにきれいなものよ。

トニー　わかった。うん、ありがと。ほんとに親切にしてくれて。僕のこと何も知らないのにさ。それってすごいことだよ。

フィービー　楽しかったわ。

トニー　ねえ、……名前なんていうの？

フィービー　（少しの間）フィービー。

トニー　聞いて、あの……えっと、もしよかったら……

トニーの携帯が鳴る。

トニー　もしもし？　ああ……ジェンナ。（少しの間）ああ、いや、いいんだ。僕も遅れたし。（少しの間）うん、待ってるよ。もちろん。じゃ、あとで。

電話を切り、フィービーを見る。

トニー　（間）彼女も雪のせいで遅れたらしい。

フィービー　ええ、そうよね。（少しの間）ここ、いっぱいね。この席、使って。

トニー　いや、いいよ、君は残って。僕は空席を探すから。

フィービー　いいえ、ほんとに。私どっちみちもう行かなくちゃ。

フィービーは持ち物を集める。

トニー　うん、わかった。いろいろありがとう。

フィービー　いいの。がんばって。

フィービーは出ていき、トニーはテーブルの席に着く。彼は彼女が去るのを見送る。照明暗転。

＊ブラインド・デート　知り合いから紹介してもらった顔を知らない相手といきなり会ってデートすること。

3月

日没から一時間後ぐらいのメキシコのビーチ。三十代のニック、四つん這いになって地面の上を熱心に探している。二十代後半のペイジ、登場。懐中電灯とふるいを持っている。ニックから数十センチ離れたところで立ち止まり、彼が捜索を続けるのをしばらく見ている。

ペイジ 見つかった？

ニック ああ、見つけたとも。一時間前に指輪を見つけた。今はダブロン金貨を砂の中に探しているのさ。

ペイジ ねえ、ニック、ごめんなさい。

ニック もう五十回も聞いたよ。

ペイジ これが役に立つかと思って。フロントで懐中電灯、キッチンからふるいを借りてきたわ。

ニック ふるい？

ペイジ ええ、砂をすくってふるいにかければいいかなって。指輪は網目を通らないから。

ニック ああ。(間) ありがとう。

ニックは彼女からふるいを受け取り使い始める。ペイジはきまり悪そうに立っていて、そこにいるべきか立ち去るべきか迷っている。

ペイジ　ごめんね。
ニック　ペイジ……
ペイジ　でも、手伝いたいの。
ニック　なあ……ふるいをありがとう。いいアイデアだよ。でもどっちかっていうと一人でやりたいんだ。
ペイジ　（少しの間）どうしたらいいいか、わからなかったの。
ニック　そうか。
ペイジ　でも、とってもロマンチックだった。すてきだったわ。
ニック　君の反応はそのせいってわけか。（長い間）
ペイジ　聞いて、ニッキー……
ニック　そこに立っているつもりなら、せめてここを懐中電灯で照らしてくれないかな？
ペイジ　ええ、もちろん。

ペイジ、懐中電灯をつけ、ニックの前の地面を照らす。

ニック　ありがと。

ペイジ　あのね、ホテルの支配人に話したんだけど、もうほかに部屋は空いてないんですって。
ニック　最高だね。
ペイジ　だって今いちばん忙しい時期でしょ。全部予約済だって。(間) ごめんなさい。
ニック　どうってことない。君が部屋を使えよ。

二人はしばらくしゃべらない。その間ニックは砂をふるいにかける。

ペイジ　ニック、こんなの無意味だわ。あなたが探しているのが、正しい場所かどうかもわからないのよ。何メートルか右に飛んでったかもしれないし、左かもしれない。無くなっちゃったのよ。ねえ、私が指輪のお金を払うわ。
ニック　お金の問題じゃないよ。
ペイジ　じゃあ何？
ニック　僕のおばあちゃんの結婚指輪なんだ。
ペイジ　まあ。
ニック　もし見つからなかったら、父さんが……いやたぶん父さんは何もしない。ただ悲しそうな顔をしてうなずいて言うんだ、「まあな……何かを永遠に持っていることはできないのさ」ってね。僕はそんな父さんを見ていられない。

ペイジ　ねえ、私に手伝わせて。

ペイジはひざまづいて砂を手探りし始める。ニックが彼女の腕をつかむ。

ニック　君の手伝いはいらないんだ、わかった？
ペイジ　でもニック、一晩中探しても見つからないかもしれないわ。
ニック　向こうへ行ってくれないか？
ペイジ　でも何かしたいのよ。これは全部自分のせいって気がするのよ。
ニック　実際そうだよね！
ペイジ　ちょっと！　私だって謝罪しようとしてできるだけのことはやってるわ！　もう十分に責任を感じてるのよ。あなたはこう言うべきなんじゃないの、「そんな、君のせいなんかじゃないよ」って。
ニック　だって君のせいだし。
ペイジ　あなたにだって責任があるわ。
ニック　僕に？　僕は君に結婚を申し込んだだけ。君だろ、答えのかわりに指輪を投げちまったのは！
ペイジ　違うわ！　私は怖気づいたの。それに申し込まれてないし。

ニック　何?!
ペイジ　プロポーズの言葉を言いもしなかった。
ニック　君が最後まで言わせなかったからだろ。
ペイジ　じゃ、申し込んでないことは認めるのね。
ニック　君が途中で止めたんだ。僕は指輪を持って、言えたのはただ「ペイジ、君は……」だけ、そこで君が叫び声をあげて指輪を跳ね飛ばした。
ペイジ　違う、違う、違う。あなたが突然立ち止まって、プレゼントがどうとかってブツブツ言ったの。それから指輪を引っ張り出してきて私の左手をつかんだのよ。
ニック　で、君がはねのけた。
ペイジ　ひるんだんだってば！　驚いた時の反射的な反応だったの。
ニック　叫んでたよね。
ペイジ　すんごく驚いたの。
ニック　ねえ、このことについてはもう何も議論したくない。指輪を探さなくちゃ。もし手伝いたいってことなら、いいさ、でもこれについて話しはしないからね。

ニックは再び砂を捜索する。

ペイジ　ごめんなさい。あなたと結婚はできない。
ニック　まいったね。
ペイジ　だめなの。ほんとに。悪いと思ってる。これだけは言っておきたいんだけど、あなたが何かしたからってことじゃないの、ただ……家に戻ったらあなたと別れようと思ってた。この旅行はなんて言うか、いい関係の終わりっていう気がしたの。（少しの間）変かしら？
ニック　後でゆっくり皮肉を味わうことにするよ。（間）いい関係の終わり？　なぜそんなこと僕に言うんだ？　僕と結婚したくないってだけじゃ不十分なのか？
ペイジ　違うのよ、ねえ、傷つけるつもりはなかったの。終わりにする前に何か言っておきたくて。あなたに言っておくべきだと思って。
ニック　それってひねくれてるよね？　子どもにお仕置きする前にキャンディをくれてやるようなもんだよ。
ペイジ　わかった、もういい。いい考えじゃなかったかもしれないけど、あなたと私、もうやっていけないのよ。
ニック　どこで君はそう考えたんだ？　これってなんていうか僕たちの初めてのけんかだよな。僕には二人のことはうまくいってるように思えるんだが。
ペイジ　けんかしないからって幸せとは言えないわ。私たちは別々の人間。物事を別々の角度から見ているの。（少しの間）この旅行だってそう。あなたがここに来たがったのは、ビーチに寝転びたいから、私はマヤの遺跡が見に行きたかった。

ペイジ　そう、だから両方やろうって決めたよね。

ニック　でも一日ビーチで過ごして私はひどく退屈しちゃった。それに、あなたがマヤの町について唯一関心を持ったのは、彼らが処女をいけにえにささげたってことだけ。ね？　同じ場所にいも、心の中では全く違うバケーションなのよ。

ニック　ペイジ　そんなのばかげてる。僕たちは妥協できるはずだ。僕は古い建物に登りたいって思ったか？　否。でもやるつもりでいた。君がやりたがってたからね。君は違う見方をしたい……そうか、それが君の主張ってわけだ。それでも僕は納得できない。

ペイジ　（少しの間）なぜ私に求婚したの？

ニック　当たり前の理由さ、たぶん。君が運命の人だと思ったんだ。

ペイジ　運命の人?!?　私が運命の人だと思ったの?!　頭おかしいんじゃない？

ニック　たぶんそうなんだろうね。

ペイジ　運命の人？　そんなものいやしないのよ！　私のこと「イースターのうさぎちゃん」とでも呼んでくれたほうがマシよ。そんなことをあなたが言うなんて信じられないわ！

ニック　僕はね、身も心もそんなたわごとも何もかも、むき出しの人間なんだ。君は運命の人、「ノー」と言ったけどね。

ペイジ　そうね、まったくそのとおり。

ニック　僕は君をほめたんだぜ！　何を怒ってるんだよ?!
ペイジ　運命の人。それってさ、どういう意味なの？　すべて運命とか宿命で縛られてて……くそくらえよ。この世にお互いひとりの人間しかいないなんてばかげた考えだわ。
ニック　おい、君のことなら忘れてやるよ、もしそれを心配してるんなら。
ペイジ　よかった。
ニック　君みたいな女ならニューヨークにはごまんといるさ。
ペイジ　率直でいらっしゃること！
ニック　ここのビーチのバーにだって君ぐらいの女ならいるぜ。ひとり選んで部屋に連れて帰るさ。
ペイジ　その意気よ。
ニック　いったい何の話をしてるんだ、僕たちは！
ペイジ　このつまらない惑星には何十億人もの人間がいる。乾草の中の針を探すって話。運命の人。違う言語をしゃべる人の可能性だってある。ゲイの可能性もね。
ニック　ゲイだったら運命の人はどうなる？　そういう人間は資格がないのかい？
ペイジ　そんなことない。人生は残酷。すごく短くてすごく残酷。
ニック　(間)僕たちは君のこと、それとも君のお兄さんのことを話してるのかな？
ペイジ　ウエイドは病気だけど、だからあなたと結婚しないわけではないの。
ニック　でも……？

ペイジ　でも、私思うの、つまり人は本質でないことを見破るものだってこと。ウエイドが言うには、彼には時間がないから絶対に必要とはいえない人やモノに関わっているひまはないって。それって常に真実だと思うの。愛してるわ、ニッキー、でもあなたに恋していないの。（長い間）指輪のこと、ごめんなさいね。

ニック　そうだな……何かを永遠に持っていることはできないってことだな。（間）ちょっと一杯飲みに行くよ。今ここで一番やりたいことは、星空の下でビーチに寝転がって君とマルガリータを飲むこと。君もどうだい？

ペイジ　やめとくわ。飲み始めたら泣き出しちゃう。（少しの間）ごめんなさい。今夜はあなたをがっかりさせてばかりね。

ニック　いいんだ。

二人はビーチで隣り合って座りながら別々の方を向いている。照明溶暗。

4月

リビングルーム。フィービーとエレインがカウチに座っている。それぞれワインのグラスを持っている。フィービーはプレゼントのビデオカメラを箱から出し、話しながらそれで遊んでいる。

ベン　（ステージ袖から）フィービー、カレーなかったかな？

フィービー　スパイスの棚に見当たらないなら、ないわ。ベン、ほんとにそっちで手伝わなくて大丈夫？

ベン　（ステージ袖から）いや。もうすぐ全部できるよ。

エレイン　彼、なに作ってるの？

フィービー　教えてくれないの。

キッチンから物が壊れる音が聞こえる

フィービー　サプライズね。

ベン　（ステージ袖から）来ないで。大丈夫だから。

エレイン　あなたってとってもラッキーね。

フィービー　ラッキーにももうすぐ新しいお皿を買うことになるわね、あの音からすると。

エレイン　フィービー、自分のために夕食を作ってくれる人のためなら、私はなんだってやるわ。
フィービー　うん、すごくすてきよね。でも私は出かけたかったの。街にできたばかりの、あの新しいフレンチ・アジア融合料理のレストランに行きたかったの。
エレイン　ああ、そのレストランのこと読んだわ。だめよ、そういうトレンディな場所では話なんかできないわ。人が多すぎる。うるさすぎるもの。
フィービー　ベンも同じこと言ったわ。あなたたちって同じさやの中の豆みたいにそっくりだわ。あなたたち二人が結婚したらいいのに。
エレイン　私にその気がないと思わないでよ、彼がこんなにあなたに夢中でなければね。
フィービー　ちょっとぐらいうるさいとか興味をそそる場所に行くのがなんでそんなにまずいのかしらね？　ベンったらいつだって小さなキャンドルのともったレストランに行きたがるのよ。
エレイン　ロマンチックじゃないの。
フィービー　ええ、ロマンチック、でも彼はそういうお店にしか行きたがらないの。私はいろんなタイプのお店に行ってみたいわ。ちょっと飽きてきちゃった。
エレイン　彼にそう言ったの？
フィービー　ええ。
エレイン　品よく？
フィービー　時にはね。でも何も変わらない。彼はいつもそんな風だし、これからもそう。私の残りの人生、ずっと同じ。（少しの間）ねえ、ちょっと、何かほかのこと話しましょうよ。

エレイン　いいわよ、ええと……お誕生日おめでとう、フィービー！

エレインは、かばんから包装した小さなプレゼントを引っ張り出す。

フィービー　ええーっ！　今年の誕生日は来なくていいと思ってるのに。

エレイン　三十三歳はそれほどの年じゃないわ。

フィービー　数字を言わないで。

エレイン　もう、さっさとプレゼント開けなさいよ。

エレインはプレゼントを渡し、フィービーは包装紙を破って開ける。一組のイヤリングを取り出す。

フィービー　まあ、すてきだわ。

エレイン　そのイヤリングはね、結婚式でつけてもらおうと思ってるの。博物館のギフト・ショップで買ったの。イタリアの結婚式を描いたルネサンス絵画の中のイヤリングを元にして作ってあるのよ。

フィービー　まあ。なんてすてき。

エレイン　ほんとに気にいってくれた？

フィービー　ええ、もちろん。ありがとう。

エレイン　どういたしまして。ねえ、私に渡すリスト持ってる？

フィービー　何のリスト？

エレイン　ブライダル・シャワー[*1]に誰を呼びたいかのリスト。

フィービー　ええ、何人かの名前を書いたわ。あとで渡すわね。で、仕事以外では何かあった？

エレイン　別に。ヨガのクラスに申し込んだわ。ねえ、ハイジっていつ学校終わるの？　彼女がシャワーまでに町に戻ってこれるか確認したいわ。

フィービー　どうだったかな。スケジュール帳に書いてあるけど。ねえ、知ってる？　私の親ときたら、彼女の卒業祝いに車をあげようとしてるのよ。

エレイン　わあ、それはすごい。

フィービー　まったくよね。私には車なんかくれなかったのに。

エレイン　あなた、卒業しなかったじゃない。

フィービー　ねえ、蒸し返すのやめて。ママの言いたい放題が始まるわ。「私の娘のうち少なくとも一人は学位を取るわけね」って。

エレイン　お母さん、まだそのことにこだわってるの？

フィービー　あきらめるもんですか。

エレイン　でも、落第するなんてあなたらしくなかったわね。あのＣＢＳですごい仕事にありついたけど。

フィービー　ええ、そうよ、それから評価が落ちてクビになるまでの三年間は、ママも黙ってたわ。でもそれ以来、「ほらごらん、ジャーナリズムなんてリスクの多い仕事だって言ったでしょ、フィービー」だって。

ベン　（ステージ袖から）わああぁ。

フィービー　大丈夫？

ベン　（ステージ袖から）大丈夫。フライパンが熱かったんだ。

エレイン　ほんとに手伝わなくていいのね。

ベン　いいんだ、大丈夫。あとほんの少し。

エレイン　えっと、まだ少し間がありそうだから、スケジュール帳を取ってきたら？

フィービー　なぜ？

エレイン　そしたらあなたのブライダル・シャワーの日取りを選べるじゃない。

フィービー　今夜はやめようよ。

エレイン　でもそろそろ電話連絡を始めなくちゃ。

フィービー　うん、わかってる。今週中に話し合いましょう。もう少し時間があるから。（少しの間）ねえ、話してよ……あの奥さんのいる男とまだデートしてるの？

エレイン　彼の名前はウォルター。

フィービー　会ったことがあれば彼のことを「ウォルター」って思えるだろうけどね。で、どうなってるのよ?

エレイン　うまくいってる。一緒にいると楽しいの。

フィービー　（少しの間）それだけ?　それで報告すべて終わり?

エレイン　だってあんまり話すことないんだもん。

フィービー　あーら、そう、あなたにとってはふつうのこと、日々これ秘密の情事ってわけ。

エレイン　現実を思い出させないで。

フィービー　ねえったら、レイニー、いつになったら彼に会わせてくれるの?

エレイン　わからない。なんの意味があるの?　だって、行き止まりの関係じゃない?

フィービー　どうして?

エレイン　だって彼、結婚してるのよ!

フィービー　離婚するところだわ。

エレイン　それって私は次の奥さんに移るまでの二、三か月のデート相手ってことになるわ。

フィービー　まだわからないじゃない。

エレイン　ねえ、ちょっと、こんなことがうまくいったことが何回ある?　障害が多すぎるわ。彼の家にいるといろいろ考えてばかり、例えば彼女はこの箪笥《たんす》の引き出しに下着を入れてたのかしら？とか。（少しの間）この前の朝だってね……がまんできなくて、こっそり見て回っちゃったの。彼とニーナの写真を見つけた。結婚式の写真。もう吐きそうだった。妻のいる男とデートなんかするのは間違ってるって気がする。

フィービー　じゃ、なぜ彼と会うのをやめないの？

エレイン　そうね、だって、つまり……一緒にいると楽しいの。私たち、先週末、新しいギャラリーのオープニングに出かけていって、それで……彼を愛してるんだと思う。

フィービー　おや、まあ、本気？

エレイン　そう、ずっとすばらしいつきあいなの。（少しの間）同時に拷問でもあるわ。彼と奥さんは細々したことで争っていて、それが彼を怒らせてる、彼はそれを隠そうとしてるけどね。私はどうしたらいいかわからない。そういう事について彼が話したいのかどうかわからないし、自分が知りたいのかどうかもわからない。（少しの間）彼の慰め役の女にはなりたくないの、フィービー。それはとっても傷つくことだわ。

フィービー　そのことについて彼に話した？

エレイン　いいえ、もちろん話してない。それって深刻な話になっちゃうし、痛みを伴うわ。どんなことをしてもそれは避けなくちゃ。

フィービー　ええ、そうでしょうとも。痛みを先伸ばしにすれば必ずもっと楽しくなるってわけ。

エレイン　すごく難しいの、だって私、どれだけ待てるかしら、これが本当に実を結ぶのかそれとも儚い恋なのかわかるまで。そしてだんだん年をとる。あなただけじゃない。といって私は結婚が近いか？　安定した関係の相手がいるか？　結婚可能な相手とデートしてるか？　いいえ、いいえ、ぜんぜん。（少しの間）ああ、もういやになる!!　（少しの間）でも、ああ、彼を愛してるの。

フィービー　（少しの間）つらいわね。

エレイン　ええ。

フィービー　私たち四人でそのうち出かけましょうよ。

エレイン　そうね、すてき。

フィービー　（少しの間）あなた負けちゃダメよ。

エレイン　そう？

フィービー　そう。

エレイン　私が不倫女でもあなたのプライドメイドをしてかまわない？

フィービー　そうね、あなたのお尻に『緋文字』の「A」って縫い付けなくちゃね。[*2]　でもそれ以外、あなたにノーという理由が見つからない。（間）私たちってほんとイケナイ女よね。

エレイン　まったくね。

フィービー　イヤリングをありがとう。結婚式にぴったりだわ。

エレイン　どういたしまして。いい友だちでいてくれてありがとう。

二人はハグする。ベン登場、何も持っていない。

ベン 夕食を外へ食べに行くってのはどう？

エレイン どうしたの？

ベン 聞かないで。（少しの間）ごめんよ、フィービー。すごいごちそうを考えていたんだけど。

フィービー 全部だめになったわけじゃないでしょ。何か残ってる？

ベン サラダ。

エレイン あら、ねえ、どっちみち私、ダイエット中だし。

三人キッチンに消える。暗転。

＊1 結婚式の数週間前に新婦の友人（主に女性）たちが集まって前祝をするパーティー。

＊2 ホーソーンの小説『緋文字』でAは「不倫」の印。

5月

「威風堂々」の曲が流れる中、照明が入る。そして卒業式のローブに身を包み、緊張した面持ちの若い女性、ハイジが登場、演壇に近づく。スピーチに使うために、メモカードの束を持っている。

ハイジ 友人たち、そしてご家族のみなさん、ようこそいらっしゃいました。先生方、そして私たちの保護者のみなさん、ようこそ。（少しの間）この日がとうとうやってきました。この卒業の日を迎えるために、この数年間、私たちは必死の努力をしてきました。そしてここにこの学年を代表して申し上げたい言葉は……ありがとう。（少しの間）私たちのお父さん、お母さん、ありがとう。道を照らしてくださった人々。私たちを愛し育ててくださった人々。明日出会う困難にたちむかうべく、旅立つ私たちを励ましてくださっているみなさん。（間）みなさんの前にいる卒業生は、今日――

彼女が手に持っていたカードが空中に飛び、演壇のまわりに散らばる。ハイジは固まり、床の上に散らばったカードを見ている。彼女は記憶をたどって話を続けようとする。

ハイジ これから様々な困難に立ち向かおうとしています。私たちは両手を広げて困難を迎え入れます。（間）ええっと、あの、立ち……ちがった……

彼女は床に落ちているカードを首をひねってなんとか読もうとする。

ハイジ　ここにこのように立つことができることは私にとってすばらしいことで……見回すと……お待ちください、すみません。

ハイジはしゃがんでカードを拾い集め、ざっとまとめる。立ち上がり、聴衆に向かってこわばった笑顔を見せる。

ハイジ　彼らの顔の中に私は希望や理想、そして……いや、これじゃなかった。（カードをめくる）私たちはこの学校で四年を過ごし、よく学び、よく遊びました。そしてすべては私たちの教育の一部であり、なぜなら——（次のカードをめくる）もしそれらすべても一皮むけば……ちっくしょう。失礼。ナンバーをつけておくべきでした。（次のカード）ようこそ。……いや、これは済んだ。（次のカード）なぜなら大学とは、ただシェイクスピアを読んだり相対性理論を理解したりするだけの場所ではありません。この四年間は、わたしたちが思春期から大人へと進化——（次のカード）大いなる孤独の感覚……（間）大変申し訳ありません。もう少しお待ちください。

ハイジはカードをすばやく演壇の上に広げ、並べ直そうとする。再び話し始める。

ハイジ　これでよし。この日がとうとうやってきました。私たちがこのために一生懸命努力の日々を重ねてきた、この日が。私がこの学年を代表し、申し上げたいのは……えっと、ポイントは何？（間）つまり、めちゃくちゃだよね？（少しの間）これはすべて私の両親のせいなのです。私は大丈夫でした、今朝、両親が私の部屋にやってくるまでは。そして父は私に言いました。「うまくやれよ。人の印象に残るようなスピーチをするんだ」（少しの間）どうですか、これって？（少しの間）

初めに考えていたスピーチは良くなかった。こういったものにはテーマがあるべきだってことは知っています。でも……みんなすべて言い尽くされてきてますよね？　そして申し訳ありませんが、今日は重大な日でもなんでもない気がします。今日はひとつの終わりでありまた別のことの始まりでもある、でもだからどうだっていうのでしょう？　すべて物事はそんなものです。（少しの間）私はなぜここに立っているのでしょう。こんなスピーチをしたくはなかった。もう、そもそも私はこんな大学になんか来たくなかった！　ヴァッサー大学がよかったのに！でも父がこの大学に通ったのです。「いい学校だよ、ハイジ。ここみたいな大学を卒業すれば、どんなところにだって就職できるさ」（間）

きっとすばらしいところだったでしょう、もし私が人生で何をしたいかをほんの少しでも考えていたなら。（少しの間）それは私の世代の症状なのでしょう。私たちは楽観主義と虚無主義の狭間に捕らえられているのです。無限の可能性を信じるようにと、あなたがたが私たちを育てました。その結果、私たちは何を選んでいいかわからなくなったのです。（少しの間）そんなことに何の意味があるでしょう。この国は……借金が何兆ドル？　私が引退するころまでに社会保障が残っているかどうか、誰にもわからない、だったら将来について考えて何になるでしょう？（間）

平和があるだろうと、あなたがたは言いましたね。そして民族の調和と性の平等があると。病は消えてなくなるだろうと。（間）へえー。（少しの間）それって地球を救おうとしてたけど、かわりにウォール街で大金を稼ぐことにした人たちの言葉だね。ある種、矛盾語法だよね、そう思わない、ママ？（少しの間）難しすぎた？　それともただ退屈しちゃった？（間）

そしてあなたたちは、私たちがなぜタトゥーを入れたり、へそやら眉やらにピアスをいれるのか不思議に思ってる。私たちはうんざりしてる、なぜってあなたたちはわたしたちに嘘ばっかり言ってるから。（少しの間）そう、重要なのは、私たちが怒ってるってこと、あなたたちがみんな良いドラッグも良いセックスも取り上げて、それでお金もうけをしているから。（少しの間）あなたたちが私たちに残してくれたのは請求書だけ。（間）

このへんでやめるべきですね。（ハイジは演壇の上のカードをざっと見て一枚を選ぶ）そして、終わりにあたり、わたしたちは心をこめて言います……感謝します……私たちの親に。愛してくれて、育ててくれてありがとう。（間）三十年か四十年後、ご厚意に報いる日を心待ちにしています。

ハイジ退場。照明溶暗。

6月

結婚式前の更衣室。フィービー、ウエディングドレスに身を包み、鏡で自分の姿をチェックしている。そばには、ブーケが載ったサイドテーブルがある。フィービーは口紅を手に持って蓋をあけ、唇に塗り始める。しかし手が震え、頬にまで口紅を塗ってしまう。彼女は手をとめ、はみ出した口紅をぬぐう。ドアにするどいノックの音が聞こえ、フィービーの母親グエンが入ってくる。

グエン　この日がとうとうやってきたなんて、うれしいこと。あのケータリング屋にあれ以上つきあってたら、あなたを駆け落ちさせなきゃならないところだったわ。（少しの間）気分はどう？

フィービー　いいわ。ワクワクしてる。（少しの間）ものすごく緊張してるけど。

グエン　心配しなくていいのよ、フィービー。どの花嫁もおんなじ気持ちになるものなの。（少しの間）それに結婚してあの家族の一員になるんだもの、神経質になって当たり前よ。ベンのお母さんは扱いにくい人だもの。

フィービー　そうね、でもラッキーなことに私が結婚するのはベンであってあのお母さんじゃないものね？

グエン　あら、あなたは一族全体と結婚するのよ、間違いないわ。あなたのお父さんのお母さんは、よく私のことでいやみを言ってたわ。でもいつだって微笑みながら言うものだから、お父さんは気がつきもしなかった。わたしたち、彼のお母さんのことでけんかになったものだわ。

フィービー　私の口紅、大丈夫かしら？

グエン　どれ、見せて。あら大変、だめだわ。

グエンは親指をなめてフィービーの唇のまわりのはみだしをごしごしとこすり落とす。フィービーはしばらくおとなしく受け入れるが、やがて振り払う。

フィービー　ママ……ママ！

グエン　あなたが言ったんでしょ。

フィービー　大丈夫かって聞いただけよ。ツバだらけにしてとは言ってないわ。

グエン　ママに声を荒げないでちょうだい。あなたが雇ったケータリング屋とヴァイオリニストにはさまれて、これ以上のいらいらはごめんだわ。彼女ときたら一曲終わるごとにもう演奏は終わりとばかりにやめちゃうのよ。（少しの間）あなた、とってもすてきよ。

フィービー　ありがとう。それにドレスもありがとう。これがママのものだったってこと、私にはとっても意味があることなの。

グエン　それはすてきだこと。あなたにぴったりでうれしいわ。

フィービー　（少しの間）ありがとう、ママ。

グエン　何？

フィービー　そんなにウエストを広げなくても大丈夫だったのよ！

グエン　ええ、まあ、そうね。そういう意味で言ったんじゃないのよ。私は結婚したときすごく痩せてたの。そんなにカリカリしないで。

フィービー　ママは自分の言葉を考えたことあるの？　まるで私の緊張が足りないとでも言いたそうね、私が太ってるなんて！

グエン　言ってないわよ。

フィービー　「私は結婚したときすごく痩せてたの」ってほかにどんな意味があるっていうの?!

グエン　あなたったらなんでもみんな侮辱ととるのね！　正直に言って、なぜあなたがママのこと鬼のように思うのかわからないわ。

ハイジ登場。

ハイジ　ねえ、ちょっと？　声がまる聞こえよ。みんな下で聞き耳を立てちゃって、ヴァイオリニストが演奏をやめたことにも気づいてないわ。

グエン　あなた、彼女の推薦状をチェックしなかったの？

フィービー　ママが下に行って彼女にもう一度演奏させてきてよ。

グエン　いいわ。（少しの間）愛してる。

フィービー　私も愛してるわ。

二人は固くハグし、グエンは急いで出ていく。ハイジはフィービーに向き直る。

ハイジ　さて、赤面症の花嫁のご機嫌いかが？

フィービー　もうっ、ちょっとバラ色になってるだけでしょ！

ハイジ　少しは気が楽になるかな、ベンもかなり緊張してるみたいよ。

フィービー　そうなの？　ウエイドは彼と一緒なの？

ハイジ　ええ。彼ったら昔の「モンティ・パイソン」のギャグで、ベンの気持ちをほぐそうとしてるわ。でもウエイドが言うにはね、ベンが「誓います」って言うか、あなたの靴の上にもどしちゃうかは、五分五分だって。

フィービー　そうならないよう祈るわ。この靴を探すのにマディソン街の店を全部まわったんだから。

ハイジ　でも、少なくともドレスは大騒ぎして探さなくてよかったんじゃない。

フィービー　やめてよ、ハイジ！　このドレスのせいで私、牛みたいに見えるわ。なんだって私、ママの言葉にのせられて、これを着ることになっちゃったのかしら、大好きなヴェラ・ウォンのスリムなドレスじゃなくて？　何を考えてたの、私⁈　お尻に大きなリボン？　そこに大きな的《まと》でも描いたらよかったんじゃないの？

ハイジ　ねえ、それよく似合ってると思うわ。このすばらしくレトロなものがよく合ってるわよ。

フィービー　私はレトロなものなんか欲しくなかった！

エレインが乱入、青いガーターを持っている。

エレイン　ほら、手に入れた！

フィービー　ガーター？

エレイン　そう。昨日古着屋に行って買ったの。あとで返してもらうし、だから古くて、新しくて、借り物で青いってわけ。* さあ、脚を出しなさい。

フィービー　いやよ。

ハイジ　着けなくちゃ。

フィービー　着けないわ。

ハイジ　青いものを持ってないじゃない。

フィービー　かまうもんですか。すべてバカバカしいわ。

エレイン　着けなさいって。

フィービー　いや。

ハイジ　着けなさいってば！

ハイジとエレインはフィービーをつかまえて、床に押し倒す。フィービーはもがいて逃れようとする。しかしとうとう屈服し、彼女らが脚にガーターをつけるままにさせる。

フィービー　いいわ、わかったわよ。だけどベンには、みんなの前でこれをはずさせたりしないからね。

エレインとハイジは顔を見合わせる。

エレイン　いい考えね。彼に言っとく。

フィービー　だめ、やめて！

エレインは走って出て行き、ハイジはフィービーが彼女を追いかけるのを止める。

ハイジ　ちょっと、ちょっと、聞きなさいよ……こんなこと言いたくないけど、式まであと数分しかないのよ。

フィービー　(間) 口紅を直さなきゃ。やってくれる？

ハイジ　ああ……やってみるわ。こっち側からやったことないけどね。あ、待って。後ろ向いて鏡を見て。

フィービーは言われたとおりにし、ハイジは彼女の後ろに立つ。彼女は腕をフィービーの前にまわして、フィービーの肩越しに鏡を見ながら彼女に口紅を塗る。

フィービー　あら、悪くないわ。
ハイジ　姉と妹ってこのためにいるんだと思うわ。
フィービー　あなたならベンと結婚する？
ハイジ　なんですって？
フィービー　どうなの？
ハイジ　ねえ、私が結婚するかどうかは関係ないでしょ。
フィービー　じゃ、しないのね？
ハイジ　いいえ、そうは言ってないわ。ねえ、何なのいったい？　彼を愛してるんでしょ？
フィービー　ええ。
ハイジ　じゃ、何が問題？
フィービー　頭がおかしくなりそうなの！　これってさ、心の底ではこれが間違いだってわかってるってこと？

ハイジ　緊張してるってことよ。大事な日で、一大事だもの。（少しの間）ベンはすばらしい人よ。ユーモアのセンスがすごくいいわ。音楽の趣味は60年代にどっぷりはまっちゃってるけど、それ以外はあなたにぴったりの人。みんなそう言うわ。

フィービー　いすにふんぞり返って高みの見物だからそんなこと言えるのよ。私は当事者だもの。

ドアにノックの音。フィービーの父、クリス登場。

クリス　やあ、天使ちゃん、用意はできてるかい？

フィービー　いいえ。

ハイジ　私もう行くわ。（クリスに）姉さんがちゃんと下に降りてくるようにしてね。

ハイジ、気取って出ていく。

クリス　どうしたんだい？

グエンが再び登場、ブートニアを手に持っている。

グエン　クリス、あなたブートニアを忘れてるわよ。

クリス　ああ、そうか、こっちにくれ。

グエン　あなた絶対まっすぐにはつけられないわ。私がやるわ。

クリス　なら、フィービーがやってくれるよ。おまえは下に降りてなさい。

グエン　どうしたっていうの？　みんな待ってるわよ。

クリス　なんでもない。ちょっとだけ待ってくれ、いいだろ？

グエン　いいわ。何にも知りたくない。

グエン退場、クリスはフィービーに向き直る。

クリス　で、どうしたんだ？

フィービー　この結婚、できるかどうかわからないの。

クリス　うん……しなくてもいいんだよ。

フィービー　何ですって？　パパ！　パパは「万事大丈夫だから」って私に言わなくちゃいけないんじゃない。「ベンはすばらしいよ。おまえたちが一緒になれば完璧だ」っていうのが本当なんじゃないの。私になんてことしてくれるのよ？

クリス　確かなものなんてないのさ。おまえとベンの人生は、うまくいくかいかないかのどっちかだ。
フィービー　まあ、すてきだこと！　それで要点は何？
クリス　リスクから逃げたっておまえが傷つかないとは限らない。（少しの間）自分が飛行機に乗っていて、墜落しそうだと考えてごらん――
フィービー　なぜ？
クリス　まあ、いいから一緒に考えよう。おまえは墜落しそうな飛行機に乗っているんだ。そしておまえにはパラシュートがある。でもそれには破れ目がある。もし飛行機にそのまま乗っていたら……一巻の終わり。でももし飛び降りたら、それで助かるかもしれないし、ダメかもしれない。でもそれしかチャンスはないんだ。
フィービー　（少しの間）ベンのことを破けたパラシュートだって言うわけ？
クリス　（間）おまえが今まで安易に大きな決断をするのを私は見たことがない。おまえは小学校のとき、大きな選択をする時にはよく机に座って、良い面と悪い面をリストに書き出していたもんだ。私はその姿を見て喜びを感じたよ。それはよく考え抜かれて、成熟した選択だと思った。だが、（少しの間）それはおそらく私たちの間違いだったんだ。たぶん私たちはあまりに多くの決断をおまえにさせてしまったんだ。それとも……わからない。人生をあるがまま、おまえに試させることをしなかった。難しいことだけれど、時として、損よりも多く得をつかむことが大事なのではないんだ。何が欲しいのか、おまえにはわかっている。紙に書いて考える必要なんかないんだよ。

フィービー　パパの言うとおりだわ。

クリスはブートニアをフィービーに手渡す。彼女は受け取ってクリスの服の襟にピンで留める。彼女は父親の頬にキスし、彼の頬についた口紅の跡をぬぐう。

クリス　口紅がにじんでるよ。

彼女はすばやく上手に口紅を直しブーケを手に持つ。

フィービー　オーケー……パラシュートはどこ？

フィービーは微笑んでクリスの腕をとり、二人は退場。照明溶暗。

＊　花嫁が結婚式で「古いもの」「新しいもの」「借りたもの」「青いもの」を身に着けると幸せになるという言い伝え。

7月

ウォルター、ニックとトニーがビーチでくつろいでいる。ニックとトニーは砂と波、女たちを見ている。
ウォルターはペーパーバックを読んでいる。

ニック　トニー、あの娘見てみろよ！

トニー　どこ？

ニック　あそこにいるブロンドだよ。ビキニってのはあのために発明されたんだよなあ。

トニー　うおお、いいねー。

ウォルターはその女性に目をやるが、読んでいた本に戻る。

ニック　ウォルト……ウォルト？　あの娘、見た？

ウォルター　ああ、すてきだ。

ニック　すてきだ？　もしもし？　かなりスゴイっていうほうが当たってるだろ。

トニー　まさしく。彼女はまったくすばらしいよ。

ニック　ほとんどゴージャスと言っていいな。

ウォルター　俺はすてきだって言ったんだぜ、何が不満なんだ？

ニック　物事を正しく見てもらいたいわけさ。すてきだ？　なんだそれ？　それってキュートのちょっと上なだけじゃないか。

ウォルター　わかった、わかった、彼女はすごく魅力的だ。

ニック　魅力的?!

トニー　それじゃあ、一歩後退だ。

ニック　はじめのトニーの表現が正しかった。まったくすばらしい。

トニー　ちょっと陰のあるゴージャス。ほんのちょっと。

ウォルター　へえ、そうかい？　なぜ？　彼女の致命的な欠陥は何？

ニック　完全なブロンドじゃないんだな。素敵な髪だけど、本当にまじりけなしのブロンドではないな。

トニー　ちょっとライトブラウンが入ってるよな。

ウォルター　ああ、なるほど。それならわかる。

ニック　一度でいいからさ……

ウォルター　俺にどうしろっての、ニック？

ニック　おまえさ、そういうつまらない人間でいるの、やめてくれよ。そこにただ座って読書って。何が問題なんだよ？

ウォルター　俺がここに座って読書してちゃいけない理由でもあるのかよ？　ここに来るとき「読書

禁止」標識でも見落としたってか？

ニック　家で読めるだろ。俺の言いたいのは、俺たちとバーに行くとき、本を持っていくのかってこと。

ウォルター　何が問題なんだよ？　本ぐらい読ませてくれよ。おまえたちが女の尻を追いかけるのを邪魔したりしてないだろ。

ニック　いや、してるね。いつだって邪魔するじゃないか。

トニー　ほっとけよ。いいじゃないか。

ニック　いや、よくないね。（ウォルターに）おまえはそこに座って俺たちを批判してる、だから邪魔してるんだ。おまえの非難を感じるんだ、わかるか？　おまえはおふくろよりたちが悪い。そんなにお堅いなら帰れよ。俺は女を見るのが好きなんだ。もしおまえが欲望をずっと押し込めていたいんなら、読書してろよ、でもその態度はやめろ。

ウォルター　おい、俺だってきれいな女性を見るのは好きさ。俺はただ、おまえたちが女性のことを言う時の話し方がきらいなんだ。おまえたちは何か、十四歳か？　大人になれよ。

ニック　おまえも、その差別反対主義も、どっか行っちまえ。俺は女のことを好きなようにしゃべる。おまえはそのごりっぱな繊細さで自分の結婚生活でも救ってやれよ。

ウォルター　（危険な中断）わかった、もういい！

ウォルターは本を投げ出し、ニックに向かっていく。ニックのほうもウォルターに向かっていく。二人はこづきあい、やがて格闘に発展するがトニーが止めに入る。

トニー　おまえら、やめろよ！　花火を上げるのは夜にしろよ。それにここにあと二日もいるんだぜ。せめて帰りの電車まで我慢しろ。

ニック　（間）わかった、ごめん。

ウォルター　いいさ。

ウォルターは再び本に戻る。ニックはビーチに視線を戻す。トニーは物思いに沈む。沈黙。トニーはウォルターにもたれかかる。

トニー　俺……俺にはわからないんだけど。他にどんなふうに女のことを話せばいいのかな？

ウォルター　それはつまり……ポルノを見るのと同じだよ。初めは楽しいさ、肉体とセックス、でも10分もたてば、すごく退屈になる。

ニック　退屈？

ウォルター　うん、ただヤルだけだろ。感情がない。

ニック　セクシーじゃないか！

ウォルター　いやそんなのセクシーの真逆だよ。

トニー　どういうこと？

ウォルター　おまえはセクシーってなんだと思う？

トニー　えーっと、かわいい女がいて――

ニック　ビキニのあの娘はセクシーだったな。

ウォルター　ほらな、俺はそうは思わない。彼女はすごく魅力的だった。ほんとに素晴らしかったさ。でもセクシーさは……別ものさ。

トニー　じゃ、おまえの思うセクシーって何？

ウォルター　ほんとに聞きたい？……そうだな、小さいことなんだ。例えばヒールを履いていてる女性がよくやるだろ、一方のヒールに体重をかけて、もう一方の足を左右に揺らすやつ。

ニック　なんだって？

トニー　ああ、わかるよ何を言ってるか。こんな感じだろ。

トニーはやってみせる。

ウォルター　あたり。

トニー　うん、そうだな、俺も好き。

ウォルター　それか、かかとが立てるエコーのような音。

トニー　うん、あのカツカツ音だろ、道を歩いているときのさ。

ニック　エコーがセクシー?!

ウォルター　そのとおり。

ニック　俺が思うのは、女の子がピンクのワンピース、切れ込みのあるやつを着て、こっちに向かって歩いてくる、それってセクシーだと思う。俺、正しい、それとも間違ってる、トニー?

トニー　え?　ああ……うん、そういう娘はいい女だよな。

ウォルター　それで、おまえの思うセクシーってどんなだい、トニー?

トニー　ああ、いろいろさ。

ウォルター　例えば……?

トニー　……いや、やめとこう。

ニック　ウォルト、もういいだろ。

ウォルター　ニック、おまえが女の話をしたがったから、今話してるんだろ。いやなら、ブロンドの後でも追っかけて、彼女にこう言ってやったらどうだい?「あなたのランクは〝ゴージャス〟ではなくて〝すごくすばらしい〟に留まりました。なぜなら髪に少し茶色が混じっているからです」って。それでヤレるんじゃないか。

ウォルターはトニーの方に向き直る。

ウォルター　それで？

トニー　ああ、ええと……わからない、ちょっと変なんだ。

ニック　ヒールがどうとかよりも変なのか？

トニー　いや、そんなことはないと思う……俺が好きなのは、外がちょっと寒くて、例えばちょっと肌寒い春の夜とか、それで女の子がそんな日にしてはちょっと薄着をしてて、夜になって寒くなって……俺がかわいいと思うのは、女の子たちが胸の前に腕をクロスさせて寒さを防ごうとするときさ。（少しの間）な？　変だって言ったろ。

ニック　何？　意味わかんねえ。

トニー　わからんねえ。ただ、こういうのが男はやらなくて女がすることなわけさ。

ニック　女ってのは、男がやらないことをたくさんするよな。

ウォルター　そう、そういうことだよな。そういう違いがセクシーってことなんだ。

トニー　そうそう、まさしくそれが正解。

ニック　俺、泳ぎに行ってこようっと。

トニー　おい、待てよ、おまえが思うセクシーってなんだよ？

ニック　いや、やめてくれ、ほんと。

ウォルター　おい、なあニック。考えてみろよ。

ニック　（間）うーん……わからないけど、ある意味……こんなのばかげてる。

トニー　何？

ニック　（ため息）あれ、女の子が髪につけるやつ、あるだろ？　束ねるのに使うやつ？　ふわふわの。

トニー　シュシュか？

ニック　それ。シュシュ。

ウォルター　なんであれがセクシー？

ニック　わからない。ただ、女の子たちがあれを髪につけるのを見るのが好きなんだ。髪を指でまとめてシュシュから引っ張り出して巻き付けるところがさ。

トニー　うん、わかるよ、それ。

間がある。三人はうしろにもたれかかり、しばし考えにふける。

ニック　それで、それから時々、女の子がそのシュシュを手首に巻いて歩いているところをみたりするだろ。あれ大好きなんだ。

トニー　うん、なぜなんだろう？　なんであれがセクシーに思えるんだろう？　（少しの間）女って一番似合うアクセサリーを持ってるよな。

ウォルター　うん。シュシュってのはいいよな。

再び長い間。

ニック　おまえらのせいでビーチのお楽しみが台無しだぜ。

暗転。

8月

ハイジとペイジが、公園の野球場の端にあるベンチに座っている。ベンがそばに立ち、ソフトボールのバットを素振りしている。フィービーは彼らの前を行ったり来たりして試合を見ている。

フィービー　（バッターボックスにいるエレインに向かって叫ぶ）だめだめ！　しっかり、レイニー！　ちゃんとボールを見るのよ。

ハイジ　ショートの子、かわいいよね。

ペイジ　わかる、わかるー。

ベ　ン　あいつがかわいいって？

ペイジ　だってそうじゃん、見てよあのお尻。

ベンはショートの選手の尻を見る。フィービーはしばらくベンを見る。

フィービー　何か言いたいことがあるの、ベン？

ベ　ン　何？　いや、別に……ないよ。

フィービー　（エレインに叫ぶ）いい球が来るまで待つのよ！

ハイジ　（フィービーに）あなたったら彼女をよけい緊張させてるわよ。

フィービー　ねえ、これが最後のイニングだし、同点にするためにはあと一点必要なのよ。それに彼女ったら最低！　（ペイジに）次の打順はだれ、ペイジ？　あなた？

ペイジ　ベンが次。私はその後。

フィービー　わかった、いいわ。打てる人たちね。ねえ、あの……ウエイドはどう？

ペイジ　よくないの。来週彼に会いにロサンゼルスに行く予定。

ベン　俺の出番だな。

ベンは素早く出て行き、エレインが明らかに不機嫌な顔でドスドスと入ってくる。

エレイン　こんな試合だいきらい。

ペイジ　がんばったじゃない。

エレインは彼女をにらみつける。

ペイジ　オーケー、えーと……。私の番だわ。

ペイジ退場。

ハイジ　（バッターボックスにいるベンに向かって叫ぶ）いいわよ、ベン。塁に出て！
フィービー　（エレインに）あなたスイングのタイミングが早すぎるのよ。
エレイン　いいでしょ別に。
フィービー　ボールをちゃんと見てなきゃ。
エレイン　私が何を見てたと思うわけ?!
ハイジ　私はショートの子を見てたけど。
エレイン　私は違うわよ。
フィービー　（ベンに向かって叫ぶ）その調子よ、ベン。いい球を待つのよ。
ハイジ　彼ったらあなたのこと見てる。
エレイン　（少しの間）ほんと？

エレイン、内野の方を見る。

エレイン　あら、でも、今、彼の眼はストレッチ中のペイジにくぎづけだわ。私もあんなお尻がほしいもんだわ。
ハイジ　フィールドにいる男ども全員が欲しがってるわね。

フィービー　ベンがヒットを打った！　セーフ！／**ハイジ**　走れ！　セーフだ、やった！

エレイン　これ以上の暑さってないんじゃない？　なんだって私はこんな公園で走りまわってんのかな？　自分んちのエアコンにかじりついていればよかったのに。

フィービー　（バッターボックスにいるペイジに叫ぶ）いいぞ、ペイジ、彼をホームへ帰すのよ。

エレイン　（試合を見ながら）ねえ、あれ見てよ?!　私にはあんな球来なかったわ。あいつら彼女にはいい球をお盆にのせて差し出してるのよ。私のときは頭にビューンと投げてきたくせに。

フィービー　お黙り。ヒットがいるんだから。

エレイン　ええ、でもあいつら、彼女の外見がいいもんだから甘い球を投げてるのよ。

フィービー　やめなよ。二人ともかわいいって。

エレイン　ええ、そうよね、私はかわいいよね。彼女はあなたの基準でいえば痩せてて巨乳で美尻の悪夢ってわけよね。尻軽！

フィービー　ちょっと！

エレイン　あのね、彼女のことじゃないの。私が我慢ならないのは、男どもがいつだって外見にとらわれてるってこと。どうして男ってあんなにおっぱいに夢中なのかな？　あんなの体の他のところについていれば、嫌われるだけのただの脂肪だってこと、知らないのかな？

ハイジ　ねえ、私は男って好きよ。

エレイン　私だって好きよ。ただ、時々殺してやりたくなるだけ。

ハイジ　（バッターボックスに向かって）いい選球眼よ、ペイジ。（エレインに）すべての男が悪いわけじゃないわよね。
エレイン　すべての猫の毛が抜けるわけじゃないのとおんなじ。
フィービー　毛が抜けないのってどんな猫だっけ？
エレイン　あの毛無しのブサイクな猫よ。スフィンクスって呼ばれてる。突然変異よ。
フィービー　ほらやっぱり。
ハイジ　ねえ、やめて。男バッシングはもう終わり。
フィービー　この子は知ってて当然なの。大学の女性学でAを取ったんだから。
ハイジ　少なくとも私は大学を卒業したからね。
フィービー　ちょっと!!　そんなこと言うの、卑怯よ！　私はあの仕事を断れなかったの！　そうよね、エレイン？
エレイン　え、ええ。すごいチャンスだったんだもの。
ハイジ　答えるのにちょっとためらってた。
エレイン　そんなことない。
フィービー　実際口ごもってたじゃん。なぜだったの？
エレイン　フィービー、こんなのばかげてる。もうやめよう。
フィービー　いいえ、私に何か言いたいことがあるんでしょ？

エレイン （少しの間の後、急いで）あのね、いいこと、あなたはいつだって逃がした魚のことばかり言ってる。でも、ジャーナリズムがそれほどあなたにとって大事なら、どうしてまた次の就職口を探さなかったの？　まるで何かが向こうからやってきて、膝の上に落っこってくれるのを待ってるみたいだったわ。

フィービー なんの話をしてるの？　探してみたわよ！　それで私のことを本当にＮＢＣに入れたがってた番組のプロデューサーがいたのよ。

エレイン ええ、そうね、それでたぶん、彼と寝たのは最善の就職活動じゃなかったってわけね。

ハイジ あらまあ！　ニュース速報。

フィービー ほんっとすてきよね、あなたからそんな言葉聞くなんて、エレイン。

エレイン それってどういう意味?!

フィービー あら、わからないわ、ミス不倫女さん。

エレイン そんなこと言うなんて、信じられない！

フィービー 私はいろんな人に電話をかけたわ、いい？　私は努力した、だけどこういう仕事っていうのはコネでつかむもの。私にはもうコネはないの。

ハイジ じゃ、コネを作れば。

フィービー 首をつっこまないで、ハイジ。

エレイン いいえ、彼女の言うとおり。何か仕事を探せばいいのよ、たとえ初心者向けでもね。

フィービー　三十三にもなって底辺から始めるなんてできない。

エレイン　とにかく何かやらなくちゃ。それとも何かしてる？　春からずっと働いてないよね。ベンはそのことをどう思ってるの？

フィービー　あなたの知ったこっちゃないでしょ。それに誰も夏の間は雇ってくれないわ。

ハイジ　私は来週、面接を二つ受けるわ。

フィービー　え、そうなの――！　うそでしょ。

ハイジ　うそじゃないよ。他にも何社か履歴書送ってる。

フィービー　どうりでママが私に文句ばかり言うはずよね。勝てっこないわ。

エレイン　やってみもしないくせに。

フィービー　エレイン、黙ってなさいよ、わかった?!

エレイン　ええ、けっこうだわ。あなたの人生だもの。でも、あなたの人生ってかなり恵まれてるのよ。結婚してるでしょ。子どもだってもうすぐだろうし。私が言いたいのは、あなたは自分で見ようともしない選択肢を持っているってこと。私はどう？　私に何がある？　仕事だけ。

フィービー　ウォルターがいるじゃない。

エレイン　そうかしら？　彼はまだニーナとやりあってるわ、アフリカの仮面や何かをどっちがもらうかって。それで私は、そんな仮面なんか彼女にくれてやって終わらせろって思ってる。もし本当に終わらせたいんならね。

ペイジが走り戻ってくる。

ペイジ　ハイジ、あなたの番。

ハイジ　私？　あら！

ハイジは急いでバットのところに行く。

ペイジ　私がヒットを打って、ベンを一塁から三塁まで送ったけど、二塁をねらってつかまっちゃった。

フィービー　どうなったの？　何を見逃した？

ペイジ　で、次はあなた。

フィービー　2アウト？　ちくしょう。

フィービー　オーケー、ハイジ、待つのよ……それいけ！　(少しの間)　レイニー、ごめんね……私……ごめんなさい。でも聞いて、ウォルターがあなたを見る目がわかるの。少し時間が必要なのよ。(少しの間)　あなたがもし墜落しそうな飛行機に乗っていて……

エレイン　何？　いいから行ってこの試合にケリをつけてらっしゃい、そうすれば私たち、ここから出られるわ。

フィービー急いで出ていく。

ペイジ　オーケー、野球はどうやるのか、やつらに見せてやりな、フィービー！（エレインに）それで……ウォルターはどう？
エレイン　まあ、あのショート、お尻はすてきかもしれないけど、試合を台無しにしたわね。
ペイジ　そうよ、ハイジ！　走れ！　いいわ、ナイスヒット。
エレイン　大丈夫。元気よ。
ペイジ　そう？　いい人よね。彼の弟には会ったの？
エレイン　ええ、私たちとニックで二、三週間前、ひどい映画を見に行ったわ。
ペイジ　ああ、ニッキーはひどい映画が好きだもんね。（少しの間）彼はどうしてる？
エレイン　元気だと思うわ。
ペイジ　そう？　（少しの間）誰かとつきあってる？
エレイン　さあ……わからない。（少しの間）なぜ？
ペイジ　あ、いや、ちょっと……知りたかっただけ。ひょっとして……もし。
エレイン　ええ、わかるわ。

フィービー　（ステージ袖から）なんだよぉーっ！

ペイジ　おやまあ、どうしたっての？

エレイン　（微笑んで）フィービーが三振くらったのよ。

暗転。

9月

キッチン。グエンとクリスが汚れた皿を運んでいる。

グエン あの子は何か求めてるわ。

クリス 何？

グエン 何かを求めてるのよ。

クリス どうしてそう思うんだ？

グエン ここにいるからよ。

クリス 招待したからね。

グエン 誰が誰を呼んだわけ？

クリス （少しの間）それで何か変わるのかい？

グエン 私にはわかってた。

クリス お前はいつもフィービーが何か企んでるって思ってるんだ。

グエン ほんとだもの。

クリス それでお前は相談に乗ってやり、かわいそうなパパはあの子の言いなりってわけだ。

グエン まあ、そうね、クリス。

クリス いや全然そんなの当たってないね。あの子は気持ちが乱れてる。チョコレートケーキだって食べ残したじゃないか。何かおかしい。

グエン　たとえば？

クリス　うーん、わからないけど、なぜベンはいないんだ？　二人を食事に呼んだのに。

グエン　理由を言ってたけど。

クリス　疲れてて、家にまっすぐ帰って、新しく買ったレコードを聞きたかったとか？　そんなの信じないね。

グエン　深読みしすぎよ。二人は引っ越したばかりだし、ベンはたぶんゆっくりしたいだけなのよ。

クリス　あのな、あの子は怒ってる。

グエン　ええ、目のふちが赤いからわかるわ。

クリス　あの子が嘆き悲しんだりうめいたりしないからって、心配がないというわけじゃない。目立たないだけだ。

グエン　それは私も感じているの。もし何か本当に悪いことが起こっているなら私たちに言うはず。もしくはあなたにね。でも彼女は感情がわかりにくい子だから。あなたはあの子が怒ってるというけど、私に言わせれば駆け引きをしているところなのよ。

クリス　もし実際あの子が何かを求めているとしたら？

グエン　それならツイてないってことね。

クリス　なぜ？

グエン　なぜって。

クリス　なぜって？

グエン　そうね。私たちは親の務めを果たした。彼女は巣から飛び立った。私たちはもう彼女の口にえさを詰め込み続けなくてもいいの。自分でえさを探すべき時期なのよ。

クリス　それは親の務めにたいして暖かくもあいまいな見方だね。

グエン　でも、私たちは自分たちの親から継続的な支援を受けたりしなかったわ。なぜ彼女にはあって当然なわけ？

クリス　時代が違うよ。

グエン　いつだって時代は変わるわ。(少しの間) 彼女が一度でも、やり始めたことを最後までやりとげてくれたら、感じ方も変わると思う。でもあの子はやりかけのプロジェクトや仕事を、パン屑みたいに後ろにこぼしていく。そしてえさがなくなると家に飛んで戻ってくるの。

クリス　お前のメタファーはちょっと混ざっちゃってるね。

グエン　あなたはいつだって議論を他のものにすり替えようとするんだわ、目の前にある問題に対処するのがいやなときにね。

クリス　そんなことないさ。どうしてそう言えるんだ？

グエン　ほらね？　さっき私が言った内容じゃなくて、今はこのことで言い争ってる。

クリス　わかった、わかった。でもお前はフェアじゃないと思う。たしかにあの子はすべてに成功したわけではない。でも、いつも新しいことに挑戦しようとするあの子のやり方には誇りを感じるよ。

グエン　そりゃ、そうよね。だってあの子は何かに全力を尽くしてやり通すことをしないんだもの。（少しの間）ねえ、クリス。私たちは退職まであと二、三年しかないわよね。フィービーは結婚している。ハイジは卒業した。就職も決まりそうだし。私たちの義務も終わるときだわ。お決まりの言い方だけど、自分たちの時間を楽しむときなんじゃない？

クリス　もしフィービーが何か助けを求めていたら、自分たちの時間どころじゃないだろ？　俺たち、経済的にしっかり備えてあるよな？

グエン　（少しの間）もう親でいることに飽き飽きしてるのよ、いい？　人生三十年以上やってきたのよ、十分だわ。しばらくの間、自分の人生に集中したいの。（間）ねえ、クリス、私はあの子が不幸だったり苦しんでいるのを見るのはいや。わかるわよね。でも彼女は思い知らなくちゃ、望むものすべてを手に入れることはできないという現実を知るときがやってくるってことをね。妥協しなくちゃ。

クリス　（少しの間）グエン、俺は……お前のいう事はわかるよ、でも……どうかな。

フィービーが残りの皿を持って登場。

フィービー　ベンに電話したわ。二人によろしくって。
クリス　彼は元気かい？
フィービー　元気よ。
クリス　そうか、よかった、よかった。で、新しいアパートはどうだい？
フィービー　ああ、すごくいいのよ。(少しの間) だってね、細々したものがあるでしょ。ベンったらポスターとか私には必要でないいろいろなものでベッドルームの一部を占領しちゃってるの。でも彼は、あのおばあちゃんの古時計を嫌ってるの。いつもデタラメな回数、鐘を鳴らすやつ。だから、歩み寄りってことよね？
グエン　そう、まったくね。
フィービー　ねえ、二人に聞きたいことがあるの。
グエン　ほんと？
クリス　グエン。
フィービー　どうかした？
クリス　なんでもない。それで、どうしたんだ？
フィービー　何も。二人には何があったの？
クリス　何も。
グエン　何を聞きたいの？

フィービー　あのね、最近物事の見直しをしてるの。私の知り合いはみんな本物のキャリアを持ってるでしょ。ベンは建築、エレインは出版社のランダムハウス。でも私は流されるままだったわ。ママもそう思うわよね。

クリス　それで、何を考えていたんだ？

フィービー　（間）学校に戻りたいの。（少しの間）大学を卒業して、ジャーナリズムの大学院に進みたいの。コロンビアの入試事務室に相談したら、急いで願書を出せば、春入学の選考には間に合うって。

クリス　ほお。どうしてそういうことに？

フィービー　あのね、ハイジの卒業から考え始めたの、でも……ばかみたいだけど、この前アンケートを記入しててね、学歴について書く欄があったの。それで「大学教育を少々」という欄にチェックを入れるのがいやになったの。だってね、私、大学では成績がよかったし。勉強が難しすぎてできなかったというわけではなかったのよ。

クリス　それが大学へ戻る一番の理由とは思えないが。

フィービー　それが理由ではないわ、パパ。

クリス　ハイジが卒業したからって、こんなことしなくちゃいけないと思う必要もないんだよ。

フィービー　違うのよ、パパ……自分のことなの。

クリス　あとどれだけ単位があれば卒業できるんだい？

フィービー　最終学年の分が取れていないの。でも春に入学したら、春と夏の間にがんばってコースの課題を全部終了できるから、そのまま秋には大学院に行けるわ。
クリス　それはすごく大変な勉強だよ。
フィービー　だからずっと先延ばしにしてたの。それについて考えるたびに重荷に思えた。でもこれをやらなくちゃ。
クリス　ベンはどう思ってる？
フィービー　彼は……かなり支えてくれてる。
グエン　お金はどのぐらいかかるの？
フィービー　ああ、えーと、あのね、それが……どのぐらい奨学金を受けられるか次第。でも、あと三、四千ドルは必要かな。一学期分で。
グエン　（長い間）まあ、私たちがなんとかできると思うわ。どう、クリス？
クリス　え？　ああ、そうだな。
フィービー　ほんとに？
グエン　ええ。それはすばらしい考えだと思うわ。
フィービー　まあ、なんてこと。こんなに簡単に承知してくれるとは思わなかった。まあ、なんてこと！　ありがとう！　ありがとう！

フィービーはグエンをしっかりとハグ。

グエン　まあその……親ってのはそのためにあるんじゃないのかしら？

フィービー　わぁい。ベンに電話しなくちゃ！

彼女は急いでキッチンを出ていく。クリスはグエンを見つめる。彼女は忙しく皿やカウンターの上を片付ける。とうとう彼女はクリスに向き直る。

グエン　なあに？

クリス　子どもに甘いんだな、お前は。

グエン　違うわよ。あの子がやっと学位が取れるのがうれしいだけよ。何年もかかったけどね。でも――。

クリスは彼女に腕をまわし頬にキスする。

クリス　ごまかしたってだめだよ。

グエン　(間) ね、あの子には黙っててね。

照明暗転。

10月

リビングルーム。ベンがカウチの下に何かを探している。ドアベルが鳴り、ベンは立ち上がってドアを開ける。ウォルターが登場。

ウォルター　ベン、大丈夫か？

ベン　ああ、来てくれてうれしいよ、ウォルター。

ウォルター　エレインがちょうど電話をくれたんだ。フィービーが彼女のところにいて泣いてるって……君のところを出てきたって。

ベン　ちょっと手伝ってくれるかい？

ウォルター　ああ、もちろん。

ベン　向こうの部屋へ行ってベッドの下を見てくれないか。何か見つけたら教えてくれ。

ベンはカウチのクッションのところを探す。ウォルターは訳がわからないが、寝室へ行こうとステージ袖に急ぐ。

ウォルター　（ステージ袖から）あのさ、……君たち二人の間がうまくいってないなんて思いもしなかったよ。

ベン そこが問題なんだ。うまく行ってたのに。突然こんなことになってさ。つまり、ちょっとしたけんかをしてね……気がついたら彼女は荷物をまとめてドアから出て行ったんだ。（少しの間）何か見つけた？

ウォルターが戻ってくる。

ウォルター いや、ほこりだけ。（少しの間）それで……何を言い争ったわけ？

ベン 君からしたらバカみたいなことだよ。（少しの間）僕たちはビートルズのことでけんかしたんだ。

ウォルター （間）ジョン、ポール、ジョージとリンゴ？

ベン ああ、彼女が言うには、僕はビートルズにとりつかれてるらしい。

ウォルター なんだって？

ベン ああ、信じられるかい？

ウォルター とりつかれてるっていうのはどういう意味？

ベン それだよ！ 僕もそう言ったんだ。

ウォルター そうじゃなくて……けんかはどうなふうに始まったの？

ベン 彼女が僕のイエローサブマリンを壊したんだ。

ウォルター　ああ、それで？　新しいCDを買えよ。
ベン　いや、アルバムじゃないんだ。僕のイエローサブマリン。一九六八年にアニメ映画のリリースと同時に製作されたコーギーダイキャストの玩具。
ウォルター　ああ、なるほど。子どもの頃、友だちがおんなじの持ってたよ。それで……フィービーが壊したって？
ベン　掃除機をかけてて、その棚を倒しちゃったんだ。僕が帰ってきたら、ペイントがはがれた状態で床にころがってた。
ウォルター　（間）それだけ？
ベン　それだけ?!　いや、それだけじゃない！　ジョンとポールがサブマリンから落ちて、僕が思うに、彼女はそれを掃除機で吸い込んじゃったんだ！　それをゴミ入れに捨ててしまってたので、通りのゴミ入れまで走って行ったけど、すでに回収されたあとだった。僕は部屋中を探したよ、ひょっとしてって……でも、何もない。
ウォルター　（少しの間）何が落ちたって？
ベン　ジョンとポール！　横にボタンがあってそれを押すとハッチが開いて――
ウォルター　ジョンとポールが飛び出す。
ベン　そのとおり。それで、ちょっとばかし感情的になって言っちゃったんだ。「なんでこんなことしたんだ？　僕のビートルズ・ケースのまわりではもっと注意しなくちゃいけないだろ」って。

ウォルター　ベン、ただの事故じゃないか。

ベン　わかってる、わかってるって。彼女の言葉も聞いてほしかったね。「ごめんなさい。でもそんなに私の気分を害する必要はないんじゃない。時々私、あなたは私より、あのバカげたビートルズのほうが大事なんだって思うわ」だって。

ウォルター　で、なんて言ったの？

ベン　「君は『サージェント・ペパーズ・ロンリー・ハーツ・クラブ・バンド』を作った人たちをばかげてるって言うのかい?!　頭がおかしいのか?!」

ウォルター　なんだってそんなこと言った?!

ベン　彼女、ジョンとポールを失くしちゃったんだぜ！

ウォルター　ただのおもちゃだろ！

ベン　おもちゃだって言うのか。あのサブマリンに400ドルも払ったんだぞ。今や欠けちゃってジョンとポールは行方不明だ。もうどんなに高く見積もっても150ドルに下がっちゃったよ。

ウォルター　冗談だろ？

ベン　ジョンとポールのないイエローサブマリンなんて誰が欲しがるんだよ？

ウォルター　古ぼけたおもちゃに400ドルも払ったってての？

ベン　コレクター・アイテムだぜ。

ウォルター　200年前のものでもあるまいし、だれがそんな大金をたかがおもちゃに払うんだよ？

ベン　ビートルズ・コレクターだよ。
ウォルター　（間）わかった、それはちょっと横へ置いておこう……彼女が言うには、君は彼女よりもビートルズを大事にしてる、と。君は彼女を頭がおかしいと言って……それから何が起こったんだ？
ベン　彼女が泣きながら部屋を出て行った。
ウォルター　頼むから彼女の後を追ったと言ってくれ。
ベン　えっと、僕は……そうしたかったけど。でも……下に行ってごみ入れを調べなくちゃいけなくて。
ウォルター　ああ、そうだろうとも。
ベン　でも戻ってきてみたら、彼女は荷造をしていたんだ。僕はすごく感情的になって、すごく動揺した。
ウォルター　わかった、もういい。君が彼女にごめんと言ったと思いたい。
ベン　うん、もちろんさ。何度も何度も謝ったよ。「行かないでくれ。特に今日だけは」って。
ウォルター　ふんふん、で……特に今日だけはって？
ベン　10月9日だよ。ジョン・レノンの誕生日。僕はいつもろうそくに火をともしてワインを飲んで、「アビイ・ロード」なんかを聞くのが好きなんだ。それが僕にとってどんな意味があるか彼女は知ってる。

ウォルター　毎年？

ベ　ン　うん、今年は特別で、なぜって僕はビートルズの収集品をすべて倉庫から出したばかりだったんだ。

ウォルター　ああ、気づいたよ。君のベッドまわりはビートルズのものでいっぱいだ。

ベ　ン　うん、僕はね、決めたんだ。これが僕の一部なんだってね。こういうものを所有することの大事な点はね、見て楽しむことができなきゃ意味がないってことじゃないか？

ウォルター　でもディスプレイケースが二つも本当に必要なのか……わからんね。

ベ　ン　すごくないか？　年代別に配置してあるから、最初のケースは一九六〇年から六五年の記念ものなんだ。ビートルズのバブルバスとビーチタオル、ヘアクリーム、ツアープログラム、パンストまである。二つ目のケースは六六年から一九七〇年のものだから、イエローサブマリンのものがたくさんあるんだ、パズルとか文具とかね。ランチボックスなんか二つもあるんだ。錆なんかぜんぜんないんだ。

ウォルター　（少しの間）ベン……飲んでたのか？

ベ　ン　なんだって？　飲んでないよ！

ウォルター　じゃ、フィービーが正しいな。

ベ　ン　なんのこと？

ウォルター　なあ、僕だってビートルズは好きさ、でも……僕が言いたいのは、フィービーが去って、君が話せることはあの四人組のことだけ。

ベン すべての口論の始まりはそこからさ。

ウォルター いや、けんかは君が一九六九年に解散したバンドにとりつかれてるという事実から始まってる。

ベン 一九七〇年。

ウォルター 僕が言いたいのはそこだ！

ベン 何を言ってるの？

ウォルター 君には友だちの助けが必要だ。

ベン (間) そんなのおかしいよ。

ウォルター いやか？ じゃ「オール・ユー・ニード・イズ・ラブ (愛こそはすべて)」って言おうか？

ベン (間) わかった。オーケー、うん、君の言うとおりだ、もちろん。ありがとう。

ウォルター いつでもどうぞ。僕は君、君は僕、僕らはみんな一緒、だろ。

ベン 何？

ウォルター 僕はセイウチ。僕は君、君は僕、僕らはみんな一緒。

ベン 違うよ。彼だ。何だよ、僕は君、君は僕って。(少しの間) 僕の家から出て行け。

ウォルター ベン――

ベン やめろ！ 僕の頭がおかしいと言ってもかまわないし、フィービーの肩を持つのもいいさ、でも自分の目的のために歌をでっち上げるなんて。だから出て行ってくれ。

ウォルター　オーケー、黙って聞けよ！（少しの間）君は結婚が難しいと思ってるだろ？　他人と一緒に暮らすこと、その長所を愛して短所を受け入れることは——難しいことか？　離婚してみろ。（少しの間）今どんな経験をしてるかわかるよ。結婚して、生活はすばらしい。君とフィービーは幸せ。でもそれから金のことやいつ子どもを持つかで意見が合わなくなって突然すべてのことが問題になってくる。結婚は一筋縄でいかないってみんな言うけど、君はこんなに厳しいとは思っていなかった、だろ？（少しの間）なあ、教えてやろう……離婚っていうのはな、朝、目が覚めて、今日という日は手に負えない一日になるんだろうかと思う、それから十階の窓から飛び降りてしまおうと決心する……たいていはそんな毎日なのさ。（少しの間）だから、自分の心の中をよく見つめて、人生に何を求めるか、心に決めておくんだな。それでもし、フィービーが君の求めるものなら……そしたら難しい仕事をしなくちゃならなくなる。（間）自分が何を求めているのか、わかったか？

ベン　（間）フィービーはエレインのところだって言った？

ウォルター　ああ。

ベンは立ってすばやく退場。ウォルターは疲れ切って座っている。照明暗転。

11
月

ホテルの一室。フィービーは電話で話している。ベンはテーブルのところに座って紙に何か書いている。

フィービー　わかったわ、ママ。ニューヨークに戻ったら電話するね。

フィービー、電話を切るとベンが彼女の方を向く。

ベン　これでどうかな？（紙を読み、記憶をたどりつつ言う）ウエイドと私は私たちが十五歳で十学年のときの四回目の演劇クラスで出会い、友だちになりました。その後二、三か月のうちに親友になったので、お互いが三十歳になって、人生の半分、彼と知り合いだと言えるようになる日を待ちきれないと考えたことを覚えています。（少しの間）えーと、私は現在三十歳を過ぎましたが、彼のことを生まれてこの方ずっと知っているような気がします。ある意味そうだし、きっとそうなるでしょう、カレンダーがなんと告げようとも。（少しの間）

私はニューヨークに住んでいて、ウエイドはロサンゼルスにいたので、彼と私は何か月も話さなかったり、一年も互いの顔を見なかったりしました。でも、会った時にはいつも、毎日会っていたかのように話の続きをしました。自然に「モンティ・パイソン・アンド・ホーリー・グレイル」のシーンをやり始めることができました。私たちのまわりにはがっかりさせられるよ

うなことがたくさんあります。でも時間や距離は、僕たちの関係にはなんら影響を及ぼさないように思えました。（少しの間）

ウエイドはいつも働きどうしで……旅行ばかりしていたから、そのことは良かったのです。でも、それがウエイドでした。彼は決して長くじっとしていられなかった。彼の横にいると、自分が怠け者のように感じられたものです。彼はすごくやる気にみなぎり、エネルギーがあり、常にひとつのことから次へと動き続けていました。そしてHIV陽性であることがわかったとき、彼が博物館での仕事に全精力を傾けながらも、その病気に関連した分野で活動家および研究者になったのは、自然なことでした。（間）

フィービーと私にとって、ウエイドが昨夏の私たちのウエディングに参加することができたことは非常に重要なことでした。ウエイドは機会があるごとに私に必ず、彼女はすばらしい人だと思うと言いました。彼女も彼について同じことを感じていました。そして私たち三人は、いつも一緒にいて楽しかった。荒涼としたジョシュア・ツリー国立公園に行こうが、LAのゲイバー、アパッチ・クラブの70年代ディスコナイトに行こうが。そこでウエイドとフィービーはダンスに誘われたのに、不可解なことに私は誘われませんでしたけど。（間）

これからもずっと私は何かをウエイドと分かち合いたいと思うことでしょう。でも、もう今となってはそれは不可能です。この三日間ですら、彼がきっとおもしろがるだろうと思うことがありました。（少しの間）例えば、彼が死んで三十分も経たないとき、フィービーと私は、病院で彼と彼の家族と共にいました。七時半を少し過ぎていました。泣いたり、他の人たちと抱き合ったりした後、フィービーと私はホールに出ました。二、三分後にウエイドの妹のペイジが、両親を彼のもとに残してホールに出てきました。私たち三人は病院の廊下の床に座っていました、泣きながら……八時になったとき、スピーカーから声が聞こえてきました……「面会時間は終了です」（少しの間）それが私には少しヒステリーっぽく聞こえて、なんとか笑わないように努めていましたが、フィービーが静かにくすくすと笑い、ペイジが微笑んでいるのが見えました。互いの顔を見て私たちはみなどっと笑いだしました。（間）

その夜遅くホテルで、私はペイジにメッセージを残すために、ウエイドの番号に電話をかけました。そして留守番電話の録音に彼の声を聞いてあまりにもびっくりし、なんのために電話したか忘れてしまいました。その後フィービーと私は、最後にウエイドの声を聞きたくて、再び電話をかけました。（少しの間）

ある人が亡くなった時、私たちが一番恋しく思うのは、その人の声ではないかと私は思います。顔はよく写真に撮られていますが、声はまれです。しかし、人間を本当に映すのは声なのです。なぜなら、私たちがその人の考えや感情など、その人のすべてを知るのは声を通じてだからです。だから声を懐かしく思うことは、まさしくその人の存在そのものを懐かしむことなのです。

（間）

私たちの人生において、ウエイドと出会えた幸運ゆえに、ここに私たちは集っています。私たちはみな彼の知性、彼のユーモア、思いやりとヴァイタリティに感銘を受けました。私たちが今感じている痛み、それでも、もし私たちが彼のことを「我が息子」「我がきょうだい」「我が友人」と思い、言うことができなければ、どれほど私たちの人生はつまらないものになっていたことでしょう。

フィービー　（間）すごく美しいわ。

ベン　ありがとう。

二人は互いをきつく抱きしめる。照明溶暗。

12月

空港のターミナル。ウォルター登場、片方の肩にリュックを引っかけて、椅子の空いている列のところに来る。腰をかけて両脚を伸ばす。少し後、ニックが、リュックと二つの大きな詰め込みすぎのバッグを相手に苦労している。ウォルターは指一本動かして手助けしようとはしない。ニックはバッグを下ろして座る。

ウォルター　そんな荷物じゃ、飛行機には乗せてくれないぜ。

ニック　乗るさ。

ウォルター　機内持ち込みには制限があるのさ。預け入れ荷物にしなきゃ。

ニック　荷物の心配は俺がする、わかったか？

ウォルター　俺はただお前が——

ニック　そこまで、終わり！

ニックはかばんをひっかきまわして雑誌を引っ張り出して読む。ウォルターは彼をただ見ている。

ニック　何か読む本でも持ってないのか？

ウォルター　ない。

ニック　本を買いに行くなら席を見といてやるぜ。向こうにギフトショップがあった。
ウォルター　いや、けっこうだ。

ニックは雑誌に戻る。ウォルターはニックのバッグを見ている。

ニック　何だよ？
ウォルター　何でもない。
ニック　そうか。なんで俺のものをじっと見てるんだ？
ウォルター　ただ何が入ってるのかと思ってね。二、三日の旅行なのに。着替えをどんだけ持ってきたんだ？
ニック　ほとんどはプレゼントさ。
ウォルター　冗談だろ。
ニック　俺の着替えはこっちに入ってる。他の二つはプレゼント。なんで？
ウォルター　あの二つともプレゼントだけ？
ニック　ああ。
ウォルター　ママとパパと俺に？
ニック　まあ、ほとんどはママとパパに。

ウォルター　へえ、そうかい、なるほど。（間）どうなってんだ？
ニック　ウォルト、お前、何が言いたいの？　クリスマスだぜ。他の家庭と同じように俺たちにもこのおかしな贈り物交換の習慣がある。
ウォルター　お前は違うだろ。
ニック　なんだって？
ウォルター　お前はプレゼント大交換会に参加するタイプじゃない。
ニック　俺はたくさん贈り物をするよ。
ウォルター　お前はいいプレゼントは買うが、数ではかなり控えめだ。
ニック　俺がしみったれだって言うのか？
ウォルター　いや、そういうことじゃない。
ニック　お前のために買ったもの全部、簡単に返品できるし。
ウォルター　「買ったもの全部」？　複数か？
ニック　黙れ！
ウォルター　ニック、お前はふつうこんなことをするヤツじゃない。
ニック　いいから、何か読む物でも買って来いよ。
ウォルター　お前の邪魔をしようとしてるわけじゃないさ。気になるんだ。
ニック　なあ、今年は二、三個多くプレゼントを買っただけだ。

ウォルター　じゃあ、認めるんだな――

ニック　わかった、わかった、そうさ！　俺はしみったれさ。もうこの話、やめないか?!

ウォルター　（間）それで、なんだって今年はたくさんプレゼントを買ったんだ？

ニック　あのなあ、ウォルト……

ウォルター　何か気が咎めることでもあるのか？

ニック　精神分析はやめろよ。

ウォルター　すまん。そんなつもりはないんだ。ほんとに。（少しの間）でも俺が見抜いたんだから、ママとパパだってわかると思わないか？

ニック　（間）ちくしょう。

ウォルター　で、どうしたんだ？

ニック　俺はただ、もうパパやママとどう話したらいいかわからないんだ。

ウォルター　何について？

ニック　個人的なことさ。人生さ。パパたちがさ、お前のすること、お前が会う人たちのことをどう思ってるかっていまだに気になる？

ウォルター　もちろんさ。俺とニーナが別れるってことをパパたちに言うのに一か月もかかっちまった。彼らに顔向けできなかったんだ。とうとう打ちあけた時、二人には俺たちどちらにも非があったって言ったんだ。

ニック　なんで？
ウォルター　彼女のことを悪く思ってほしくなかったから。
ニック　彼女はお前を裏切ったんだぜ。悪く思われて当然だろ。
ウォルター　ああ、そうだけど……それは自分に跳ね返ってくると思ったのさ。
ニック　いやいや、ママとパパはそういうふうには考えないさ。
ウォルター　おいおい、二人が何年夫婦やってると思ってるんだ？　俺とニーナが結婚してたのはせいぜい四年、それで終わりだ。もちろんパパとママは、俺が何か間違ったことをしでかしたのかと考えるさ。
ニック　ああ、二人はずいぶん長いこと一緒にいるよな。だからこそ、あの二人は理解してくれるだろうさ。何事もなく、そんなに長く一緒にはいられないと思う。もしママとパパが何か気になったとしても、彼女のせいだと思うさ。
ウォルター　いや、それは望んでない。というのは、二人は彼女のことすごく気にいっていたからな。
ニック　いや、そんなことない。俺らの誰もね。
ウォルター　なんだって？
ニック　ママとパパは、彼女のことはまあオーケーと思ってたろうね、でも大好きってわけじゃなかった。俺も決して好きではなかった。
ウォルター　冗談だろ、なんで？

ニック　ああ、それはただ……彼女はいやな女だったから。
ウォルター　なんだって？
ニック　ああ、口に出してすっきりした。
ウォルター　なぜ言ってくれなかったんだ？
ニック　おいおい、どうすればよかったんだ？「なあ、ウォルト、お前はこの女にぞっこんで結婚するつもりでいるけど、俺に言わせりゃ彼女は強欲女だぜ」なんて言っても、聞く耳もたなかったろ。
ウォルター　お前はなぜ彼女が嫌いだったんだよ？
ニック　自惚《うぬぼ》れ屋だからさ。お前のことも自惚れ屋にしちまった。

ウォルターは黙っている。ニックは彼を見る。

ニック　パパとママにエレインのことは話したの？
ウォルター　ちょっとだけ。デートしてる相手がいるってことだけ。俺たちがずっと一緒でほとんど同棲してるってことはまだ話してない。
ニック　なぜ言わない？
ウォルター　それはただ……なあ、わかるだろ、俺の離婚はまだ決着がついてもいない。パパとママに俺が間違いをしていると思わせたくないんだ。
ニック　なあ、親ってものは心配するためにあるんだぞ。それが親の仕事なんだ、だろ？
ウォルター　（少しの間）彼女も来たかったと思う。
ニック　エレインが？
ウォルター　うん。俺が彼女をクリスマスに招待するのを望んでたと思う。
ニック　そうするべきだったな。ママとパパ以外に話し相手がいてくれたらよかったのに。もし俺に一週間以上デートする相手がいたら、一緒に連れて来たのに。パパたちと一日か二日以上一緒にいると俺はまったく燃え尽きちまう。家から出る言い訳が必要になる。
ウォルター　うん、五分も沈黙したら降参だな。
ニック　（間）それで、なんで彼女を誘わなかったんだ？
ウォルター　ちょっと複雑な気分でな。去年のクリスマスは嫁さんと一緒に帰って、今年は愛人を連れて行くってのが、さ。
ニック　なあ、少なくともお前は結婚した、俺はいまだにそんな話もない。
ウォルター　（間）それでそんなにたくさんプレゼントを買ったのか？
ニック　あくまでこの件を放っておいてはくれないわけだな？　いいさ、そう、たぶんね。彼らがその話題に触れるのがいやなんだ。
ウォルター　オーケー、じゃ俺に話せ。

ニック　なあ、おい。

ウォルター　冗談抜きで。

ニック　だめだ。

ウォルター　なぜ？

ニック　自分が捨てられたってことをさ、よりによって嫁さんに浮気されまくってた男にさ、俺は泣きつかなきゃなんねえのかよ？

ウォルター　お前の兄貴なんだから、めそめそ泣きついたっていいじゃないか。

ニック　そんなのやだね。

ウォルター　どうして？

ニック　俺たち仲良くないし。

ウォルター　仲良しじゃないか。

ニック　いつからだよ？　俺たちまったく違うじゃないか。ほとんど一緒に遊んだこともないし、遊んだとしても天気の話でもしようもんならたちまち口論になるのがオチさ。

ウォルター　お互いを好きになるのに、好みが同じである必要はないだろ。

ニック　どうやったら同じものが好きでなくてお互いを好きでいられるんだ？　ヤンキースを好きでない人間を好きになることもできないのに。

ウォルター　（間）俺のこと好きか？

ニック　ああ、やめてくれ。なんで本を持ってこなかったんだよ?!
ウォルター　ニック?
ニック　なぜそんなこと聞く?
ウォルター　お前のこと愛してるからさ。
ニック　(間) ちくしょう。
ウォルター　(少しの間) 何も言わなくていいさ。すまん。(間) 俺の席をみててくれよな。何か読む物買ってくるよ。

ウォルターは立ち上がる。

ニック　待てよ。

ニックは自分のバッグのひとつに手を伸ばし、包装したプレゼントをひとつ引っ張り出す。

ニック　ほら。
ウォルター　ありがとう。
ニック　本だ。

ウォルター　ありがと。俺も何かやりたいが、箱を全部チャールストンに送ってしまった。

ニック　「箱を全部」？　複数？

ウォルター　ああ、五個。

ニック　お前、自分は五個も送ったくせに「そんなにたくさんのプレゼントどうしたんだ」とか、くだらないこと俺に言ったのかよ？

ウォルター　困らせてやろうと思ってな。

ニック　へえ、そうかい。よくやったよ。ごくろうさん。

ウォルターはプレゼントの包みを破って開ける。

ウォルター　『ルースが建てた家——ニューヨークヤンキースの歴史』。

ニック　返品してもいいぜ。

ウォルター　なぜ？

ニック　だって野球だぜ。

ウォルター　おい、俺はヤンキースファンだぜ。

ニック　ほんとかよ？

ウォルター　もちろんさ。違うヤツなんかいるか？

フライトアテンダントの声　（スピーカーから）みなさま、463便チャールストン行きは、ご搭乗の準備が整いました。座席番号25より後方のお客様からご搭乗手続きを開始いたします。ボーディングパスをご用意いただき、搭乗口の係員にお見せください。連邦規則により手荷物はおひとり様一点のみ許可されております。

ニック　ちくしょう。

ウォルター　ほら、ひとつ持ってやるよ。

ニック　そうか？　ありがと。

ウォルター　いいさ、行こう。

ニック　エレインに電話しろ。次の便で来るように言えよ。飛行機から電話しろ。女はそういうの喜ぶから。

ウォルター　そうするかな。

ニック　彼女にさ、このクリスマスをひとりで過ごすかわいい友だちがいないか聞いてくれよ。

ウォルター　お前はいつだって人のことを考えてるんだな。聖人かよ。

ニック　それが俺さ。聖ニコラス。

彼らは荷物を持って歩き去る。照明暗転。

（幕）

訳者あとがき

少し前、ある翻訳者の方の講演を聞きに行ったとき、こんな言葉が印象に残った。「自分に向かって手招きして呼んでいる作品に出会うことが大切」というものだった。ある作品に出会ったとき、ふと自分がその作品に呼ばれている気がすることがある、そんなときは迷わず翻訳してみる。そしてそんな作品に出会うためには、日頃からいろんなものを読んでおくことだ——そんな内容だったと記憶している。聞いたとき、なるほどとは思うものの、自分とは遠い世界の話として、ぼんやり受けとめていた。

二〇一六年、ふとしたきっかけで、あるアマチュアグループの演劇を見た。なじみのない劇作家のものだったが、ちょっとおもしろい作品だなと感じ、「ポスピシル」という名前の響きがなんとなく心にひっかかった。ちょっと待てよ、どこかで聞いたことがあるような気がする。帰宅して本棚をみたら、そこに本があった。Craig Pospisil と書いてある。その数か月前、ニューヨーク、ブロードウェイにある演劇専門書店でのこと。面白そうな本を物色しながら、「演劇のことならなんでも聞いて」という年季の入った店員さんにアドバイスを求めた。「あまり日本では知られていなくて、短めのコメディを書く人で、おすすめは？」と聞いて、その店員さんが勧めてくれたものを二、三冊買ってきて、自宅の本棚に放り込んだまま忘れていた。その中の一冊だった。ニューヨークの本屋での出会いからずっと、彼の作品に「おーい」と呼ばれていたはずなのに、勘の鈍い私はその声に気づかないまま何か月も過ごしていたらしい。やっと呼び声に気づいて振り向くことができてよかったと思う。

その後インターネットで彼のサイトを見つけ、メールを送ってみた。今まで何度か、他の劇作家にも質問のメールを送ったことはあるが、たいていはナシの礫《つぶて》。せいぜい型どおりの「お手紙をありがとう。疑問があればＦＡＱを見てね」というような返信がくるのが関の山だったから期待はしていなかった。ところが数日たって、本人から返信が来た。遠い異国の、一読者でしかない私の質問に丁寧に答えてくれた。これはやっぱり「呼ばれている」かも、そう直観したことがこの本の出版につながった。

クレイグ・ポスピシル氏は一九六三年ニューヨーク市生まれ。「僕はニューヨークが大好きだ。街のエネルギー、ビル群、ここに住むあらゆる種類の人たちが」と彼は言う。作家である両親のひとりっ子として生まれ、両親にもきょうだいがなかったため、ほとんど三人だけの暮らしだったらしい。いつもたくさんの本に囲まれ、読書を大切にする家族だった。ウェズリアン大学で英語と演劇を専攻、そのころから戯曲を書き始めた。それ以前から俳優としても活動し、卒業後いくつかオーディションなども受けてはいたが、ある日突然「自分はストーリー・テラーだ」と目覚めたらしい。そこからニューヨーク大学の大学院に入り劇作の分野で修士号を取得後、執筆をつづけている。

「最も影響を受けた劇作家は?」という私の質問に対し、彼はこう答えている。「この質問に答えるのは、僕にとっていつも難しいことなんだ。もっと簡単であっていいはずなんだが、答えがいつも変わってしまう。十代から二十代はじめの頃は、ユージン・オニールが一番だと言っていたと思う。「夜への長い旅路」とか「氷人来たる」が大好きだった。でも彼のようには書かないし、書きたいと思うことはない。サム・シェパードの劇にはとても敬服している。でもやっぱり彼のように書いたりしないし、書こうとも思わない。クリストファー・デュラングやデヴィッド・アイヴスのような劇作家は僕の書き方に近いし、二人とも素晴らしいと思う」しかし、実際には映画やテレビからの影響も大きいと認め、ウディ・アレンから最も影響を受けたと言うべきだと思う、と言っている。英米文化圏以外のアジアやアフリカなどの映画や演劇にも興味があり、また自作の劇が様々な国、文化の人々に上演されることに誇りを感じるという。「人生は短い/月日はめぐる」が日本で上演されることを心から願っているとのことなので、ご興味ある演劇関係のみなさん、ぜひご一報を。

彼自身は「月日はめぐる」が自分の最も成功した作品だと述べているが、彼の作品は他にもたくさんある。*Somewhere in Between* (1996)、*Drift*(ミュージカル 2007)、*Choosing Sides* (2009)、*Dot Comet*(ミュージカル 2010)、*The Dunes* (2012) などがあり、*The Dunes* のシアター・コンスピラシー第9回新作演劇コンテストでの受賞をはじめとして、多くのフェスティバルやコンテストで受賞歴がある。また現在も、ここに収録した戯曲とは趣の異なる新作を執筆中であるという。

この本の刊行にあたっては、氷室幸夫氏、ポール・D・マグラス氏をはじめ様々な人々に貴重なアドバイスと励ましをいただいた。また、而立書房の倉田晃宏氏は、雲をつかむような話にじっと耳を傾け、私の情熱を実務的なアプローチによってこの本へと実体化させてくださった。関係していただいた皆様に、そして何よりも私のしつこい質問メールに辛抱強くつきあって、丁寧な返事を惜しむことなく送り続けてくださったクレイグ・ポスピシル氏に心より感謝を申し上げる。

二〇一八年三月　　　月城典子

［著者略歴］

クレイグ・ポスピシル　Craig Pospisil

ニューヨーク生まれの劇作家、映画監督。多数の作品があり、全米各地の演劇フェスティバル等で多くの賞を受けている。長編劇、短編劇、ミュージカルなどを書くほか、「アウトスタンディング・ショート・プレイ」などのアンソロジー作品集やウィリアム・インジの未発表作品の編集も手掛けた。代表作 *"The Dunes" "Somewhere in Between" "Dot Comet"* など。ニューヨーク在住。

［訳者略歴］

月城典子（つきしろ・のりこ）

大阪生まれ。横浜在住。

大阪外国語大学英語学科卒業。名古屋学院大学大学院外国語学科修了（英語学修士）。大学非常勤講師。

専門分野：アメリカ現代演劇

人生は短い／月日はめぐる　クレイグ・ポスピシル戯曲集

2018 年 3 月 25 日　初版第 1 刷発行
2018 年 4 月　5 日　初版改訂第 1 刷発行

著　者　クレイグ・ポスピシル
訳　者　月城典子
発行所　有限会社 而立書房
東京都千代田区神田猿楽町 2 丁目 4 番 2 号
電話 03 (3291) 5589 ／ FAX03 (3292) 8782
URL　http://jiritsushobo.co.jp

印刷・製本　中央精版印刷 株式会社

落丁・乱丁本はおとりかえいたします。

ISBN978-4-88059-405-7　C0074

S·マイズナー、D·ロングウェル／仲井真嘉子、吉岡富夫 訳
1992.6.25 刊
四六判上製
424 頁
定価 2500 円

サンフォード・マイズナー・オン・アクティング

ISBN978-4-88059-170-4 C0074

俳優になるな。想像上の状況の中に存在するものに感応する人間になれ。演技しようとするな。演技は自然にされるんだ…。スタニスラフスキー理論をアメリカで積極的に実践し、多くのプロ俳優を輩出した演劇学校の１年間のドキュメント。

キャロル・K・マック他 著／三田地里穂訳
2016.8.20 刊
四六判上製
296 頁
定価 2000 円

SEVEN・セブン

ISBN978-4-88059-394-4 C0074

いまこの地球上に、自らの人生を自らが選ぶ権利が夢でしかない女性たちがいることを知っていますか？　７人の米国女性劇作家と、７人の女性社会活動家が出会い、芸術と政治・社会活動が融合して誕生したドキュメンタリー・シアター作品。

フランツ・モルナール／三田地里穂訳
1990.2.25 刊
四六判上製
136 頁
定価 1200 円

芝居は最高！

ISBN978-4-88059-140-7C0074

不倫が発覚した人気女優の危機を救う劇作家。一篇の芝居が現実を塗り変えて、虚と実の世界が錯綜する。ベルギーの劇作家フランツ・モルナールの傑作コメディー！

ヘレン・ニコルソン／中山夏織 訳
2015.12.25 刊
四六判並製
288 頁
定価 2000 円

応用ドラマ

ISBN978-4-88059-338-8 C0074

本書は、いま世界中で広がりをみせる劇場以外の場所――学校、施設、刑務所、街頭――で行われる社会包摂の目的をもった演劇活動の実践と、その理論化の試みである。応用演劇の美学と倫理を探り、演劇の社会的役割を考察する。

オーガスト・ウィルソン／桑原文子 訳
2014.3.25 刊
四六判上製
168 頁
定価 1500 円

ジョー・ターナーが来て行ってしまった

ISBN978-4-88059-380-7 C0074

奴隷解放令後のアメリカ、黒人たちは自己の実質的解放を求めて北部に向かった。本作品はウィルソンが 24 年かけて完成した「ピッツバーク・サイクル」の最高傑作である。

トムソン・ハイウェイ／佐藤アヤ子 訳
2001.2.25 刊
四六判上製
160 頁
定価 1500 円

ドライリップスなんてカプスケイシングに追っ払っちまえ

ISBN978-4-88059-276-3 C0074

舞台はカナダ・インディアンの居留地。コロンブスの大陸到着以来、白人社会から持ち込まれたキリスト教やアルコールなどから、先祖伝来の宗教・慣習・言葉さえ失いつつある先住民。その復権をかけて、精霊と７人の男が巻き起こす大喜劇。